MILLIARDENSCHWEREN HAPPY DANCE'N COWBOY

Die milliardenschweren Cowboys aus Lone Star, Texas, Buch Vier

HOPE MOORE

Milliardenschweren Happy Dance'n Cowboy
Copyright © 2023 Hope Moore

Dieses Buch ist ein Werk der Fiktion. Namen und Charaktere sind der Fantasie der Autorin entnommen oder werden fiktional verwendet. Jede Ähnlichkeit mit realen Personen, ob am Leben oder bereits verstorben, ist rein zufällig.

Milliardenschweren Happy Dance'n Cowboy

Er ist ein fröhlicher Cowboy, der gerne tanzt, das Leben genießt und es liebt, Single zu sein… Sie ist eine Frau mit schwerer Vergangenheit, die jetzt alles dafür tut, ihr Leben in die richtige Richtung zu lenken… und endlich sieht sie wieder Licht am Horizont – nur auf romantische Verwicklungen hat sie keine Lust… denn sie hat jegliches Vertrauen verloren.

Caleb Buckley wird Zeuge dessen, wie sich seine Brüder und Cousins einer nach dem anderen verlieben. Er ist voller Freude über das noch neue Ritual der Stadtbewohner, einmal im Monat einen Tanz für alle zu veranstalten, die in die Stadt kommen wollen, um hier eine gute Zeit zu verbringen. In absehbarer Zeit möchte er keine Familie gründen, doch neuerdings wird seine Aufmerksamkeit von der stillen Schönheit beansprucht, die in der Boutique arbeitet. Von der, die mit niemandem tanzt und deren Haltung und schöne Augen ganz klar sagen: „Halt dich fern".

Jasmine Scott möchte ihre Vergangenheit mit aller Macht hinter sich lassen. Nachdem ihre Mutter sie auf die kleine Stadt Lone Star in Texas aufmerksam gemacht hat, ist sie dorthin gezogen und arbeitet nun in der entzückenden Boutique des Ortes und ihr Leben beginnt langsam, etwas besser auszusehen. Einzig einer der Buckley-Brüder trübt die neue Idylle, indem er sie zurückhaltend aus der Ferne beobachtet. Caleb hat zur Kenntnis genommen, dass er sich fernhalten soll und tut das auch – und tanzt währenddessen mit jeder Frau, die das möchte. Augenscheinlich genießt dieser Mann das Leben… auf eine Art und Weise, die ihr nicht ferner liegen könnte.

Doch manchmal nimmt das Leben eine unerwartete Wendung und man verliert die Kontrolle darüber – das wird sie bald herausfinden – und mit allen ihr zur Verfügung stehenden Mitteln dagegen ankämpfen.

Willkommen zurück bei den Buckley-Brüdern und ihren Cousins in Lone Star… jener Stadt mit den vielen wunderbaren Menschen, die gerne kuppeln und die nun ein neues Paar haben, auf das sie ihre Aufmerksamkeit lenken können.

Kann Liebe die Zurückhaltung zweier Menschen überwinden, die gar nicht auf der Suche nach ihr sind?

KAPITEL EINS

Caleb Buckley parkte seinen Truck vor dem Mulberry Diner, stieg aus und warf einen Blick auf die benachbarte Boutique und dann auf Jasmine Scotts Wagen, der ein paar Plätze weiter stand.

Sie war drinnen.

Sein Puls beschleunigte sich, was ihn verwirrte. Ja, sie hatte seine Neugier geweckt, doch er schob diese Empfindung beiseite, als er auf die Tür des Diners zuging. Es war nicht unwahrscheinlich, hier während des mittäglichen Ansturms auf Jasmine zu treffen, aber er wusste nicht recht, warum ihn dies in erhöhte Alarmbereitschaft versetzte.

Er traf sich mit seinen Brüdern zum Mittagessen, meistens sagte sie Hallo, wenn sie hereinkam und doch war da stets eine deutlich wahrnehmbare Distanz, die sie ihm – und den meisten Männern gegenüber – wahrte. Männern in ihrem Alter, Männern, die Interesse zeigten.

Es war ihm aufgefallen. Sie war wunderschön mit ihrem satten, dunklen Haar und Augen so golden wie die untergehende Sonne und erregte viel Aufmerksamkeit. Vielleicht war sie es einfach nur leid, dass sie von Männern angestarrt wurde, doch vielleicht… gab es auch einen ganz konkreten Grund für ihre Distanziertheit.

Oh, sie lächelte, wenn sie Zeit mit den anderen Frauen der Stadt verbrachte; es war wundervoll. Er hatte sie auch aus der Ferne lachen sehen. Der Klang ihres Lachens jagte ein elektrisches Knistern durch seinen Körper – etwas, das er nicht kannte. Er verbrachte gern Zeit mit Frauen, doch nie zuvor hatte deren Gegenwart eine solch elektrische Reaktion in ihm ausgelöst – was für ihn völlig in Ordnung war. Er hatte es nicht eilig, eine Beziehung auf Lebenszeit einzugehen, wie sein Cousin und seine Brüder es getan hatten. Auch wenn er sich für sie freute, war er selbst einfach noch nicht so weit.

Er genoss es, Single zu sein, und mochte die Stadttänze, die zu einem gewaltigen Anziehungspunkt für ihre kleine Stadt geworden waren, weswegen sie nun einmal im Monat stattfanden. Und da er äußerst gern tanzte, freute er sich jedes Mal darauf. Er tanzte beinahe so leidenschaftlich gern wie sein jüngerer Cousin Ace. Er wusste, dass er nicht so gut war wie dieser, doch er hatte seinen Spaß dabei, die Mädels auf die Tanzfläche zu führen und mit ihnen eine gute Zeit zu haben. Darum ging es ihm.

Weil er so viel tanzte, wurde er seit Kurzem der glücklich tanzende Cowboy genannt. Das war witzig und es stimmte – er war meist der Erste auf der Tanzfläche und der Letzte, der sie wieder verließ. Am folgenden Abend würde es genauso sein, der monatlich stattfindende Tanz stand bevor und er würde definitiv dort sein.

Die Ranch seiner Familie war riesig und brachte eine Menge Geld ein. Sie hatten mehr als genug zum Leben, doch er ruhte sich nicht darauf aus. Er arbeitete hart und genoss die Arbeit auf der Ranch. Caleb mochte lange Arbeitstage; manchmal widmete er sich den Dingen, die er liebte wie ein Getriebener und das waren die Rancharbeit und das Tanzen. Früher war er an seinen freien Abenden auf der Suche nach Tanzveranstaltungen in andere Städte gefahren, doch seit es zu seiner großen Freude neuerdings in regelmäßigen Abständen Tänze in seiner Stadt gab, tat er das nicht mehr. Er gab nicht damit an, wusste aber, dass Frauen von überall herkamen um mit ihm das Tanzbein zu schwingen. Sein Talent hatte sich herumgesprochen.

Er nahm an, dass es dafür zwei Gründe gab. Einer

der beiden war sicherlich, dass er und seine Brüder sehr viel Geld besaßen; er wusste immer genau, wenn die Frau, mit der er tanzte, nur daran dachte, wie sie an einen Teil seines Vermögens kommen konnte. Oh, auch mit denen zu tanzen machte Spaß – wenn sie denn unbedingt mit ihm tanzen wollten, weil er Millionär war, bitte schön, aber mehr als einen Tanz gestand er ihnen nicht zu. Er spielte nicht mit ihnen und hatte nicht die geringste Absicht, sich irgendwelche Probleme aufzuhalsen, die sich vermeiden ließen. Diese Lektion hatte er frühzeitig gelernt und er hätte seine Liebe zum Tanzen an den Nagel hängen, sich verkriechen und nie wieder eine Tanzfläche betreten können. Stattdessen hatte er gelernt, mit den Frauen umzugehen, die ihn trickreich dazu bringen wollten, sie zu heiraten. Dazu gehörte, niemals woanders mit ihnen hinzugehen als auf die Tanzfläche und meist fand er innerhalb eines Tanzes heraus, wer diese Mädels waren. Dann war nach einem Tanz Schluss.

Dann gab es Frauen, die so wie er einfach für ihr Leben gern tanzten: sie stellten keine Forderungen und erwarteten nichts von ihm. Sie genossen es, sich auf der Tanzfläche zu bewegen, eine gute Zeit zu haben und mit einem Lächeln dem Rhythmus der Musik zu folgen… langsam, schnell oder wie auch immer. Es machte ihn glücklich, mit jemandem zu tanzen, dem das Ganze genauso viel Spaß machte wie ihm. Ja, er war tatsächlich ein glücklich tanzender Cowboy, daher machte ihm der Spitzname nichts aus.

Und dann war da noch Jasmine, die Frau, die *niemals* tanzte.

Seit sie in die Stadt gezogen war, hatte sie nicht ein einziges Mal getanzt. Und ja, das war ihm aufgefallen. Er hatte darauf geachtet, nachdem sie bei ihrem ersten Tanz seine Aufforderung zum Tanzen abgelehnt hatte. Ihre Antwort war offen und bestimmt gewesen. Sie war seit langer Zeit die erste Frau, die ihm einen Korb gegeben hatte.

Seitdem hatte er sie häufig aus der Ferne beobachtet, während er auf der Tanzfläche war und mit jemand anderem tanzte. Er hatte mitangesehen, wie sie sich unter die Frauen mischte, denen die Läden und das Diner gehörten: Josie Jane, Ruby und Millie, einstige Rodeo-Meisterin und heutige Ladenbesitzerin. Sie verbrachte auch Zeit mit den jüngeren Frauen, schien sich aber zu den älteren Damen stärker hingezogen zu fühlen. Besonders zu Millie, die bis vor Kurzem ebenfalls nicht getanzt hatte. Doch nun tanzte sie mit Lumas vom Anglergeschäft. Die beiden gaben ein tolles Paar ab und die Hoffnung aller schien zu sein, dass sich die beiden auch abseits der Tanzfläche näherkamen.

Er warf noch einen Blick auf den Laden. Seine

Gedanken überschlugen sich an diesem Nachmittag förmlich und er wusste nicht genau, woher das kam. Viele Cowboys hatten Jasmine zum Tanzen aufgefordert und wie er selbst hatten sie *alle* eine Abfuhr kassiert. Offensichtlich wollte diese Frau nicht tanzen. Sie war so sehr dagegen, dass niemand dagegen ankam.

Warum kehrten seine Gedanken immer wieder zu ihr zurück? Warum fragte er sich, was der Grund dafür war, dass sie nichts mit Männern zu tun haben wollte?

Und, was am wichtigsten war: warum trieb ihn das in den Wahnsinn?

Denn so war es, das ließ sich nicht bestreiten.

Er betrat das Diner und dessen reizende Besitzerin Ruby lächelte ihn an. „Ich habe deinen Tisch schon vorbereitet." Sie beugte sich vor. „Ich habe gesehen, wie du zu Gennas Classy-Sassy Boutique rüber geschaut hast. Gefällt dir mein neues Outfit? Ich habe es von dort."

Erwischt. Er grinste. „Du siehst so umwerfend aus wie immer, Mrs. Ruby. Meine Schwägerin hat offensichtlich die besten Kleidungsstücke auf Lager."

Sie kicherte. „Ja, hat sie. Du tanzt gern, da hat sie dir einen großen Gefallen getan."

„Ja, Madam, das stimmt. Ich tanze äußerst gern; ihr und den anderen Ladenbesitzern haben wir es zu verdanken, dass wir das nun regelmäßig tun können."

„Es freut uns sehr, dass ihr alle so viel Spaß dabei habt." Sie führte ihn zu einem Tisch am vorderen Fenster, und er setzte sich wie üblich auf die Seite, von der er den Laden nebenan im Blick hatte.

Er musste daran denken, dass sein Bruder West es ebenso gemacht hatte, als er wissen wollte, wie es Genna ging, nachdem sie ihr Geschäft eröffnet hatte. Gemeinsam mit seinen Brüdern hatte er West aufgezogen. Mittlerweile war sein Bruder mit Genna verheiratet und die beiden lebten in dem Bauernhaus auf dem Gelände ihrer Ranch, das früher seinen Großeltern gehört hatte. Sie hatten die Ziegenzucht seiner Großmutter nach ihrer Hochzeit fortgeführt. Die Buckley Ranch war hauptsächlich für ihre Pferde und Rinder bekannt, und eher nebenbei auch für ihre Ziegen. West hatte die Ziegen schon immer geliebt und nach dem Tod ihrer Großeltern das Vermächtnis der beiden am Leben erhalten. Er war in ihr altes Haus gezogen und hatte sich der Ziegenzucht gewidmet. Wie durch ein Wunder hatte auch Genna schon immer von diesen Tieren geträumt. Sie war in die Stadt gezogen, hatte ihre Boutique eröffnet und die possierlichen Tierchen waren in die Liebesgeschichte der beiden involviert gewesen und hatten das ihre getan, um sie zusammenzubringen. Sie hatten sich ineinander verliebt und sorgten nun gemeinsam für das Fortbestehen des Traums seiner Großmutter.

Es war abwegig und verrückt, wie sich manchmal alles entwickelte. Genna liebte Ziegen; doch ihr Online-Shop hatte Leute aus aller Welt in die Stadt gelockt, die ein Bild von Genna und sich selbst auf der Shop-Website sehen wollten. Inzwischen kamen sie auch, um auf den immer bekannter gewordenen Tanzveranstaltungen zum Monatsende in Lone Star, Texas das Tanzbein zu schwingen.

Darüber würde er sich nicht beschweren. Nein, ganz und gar nicht. Durch diese Tänze hatte auch Jasmine ihren Weg in die Stadt gefunden, was schlussendlich dazu geführt hatte, dass er nun diesen verrückten Gedanken nachhing und zu ergründen versuchte, warum sie nicht tanzte.

„Möchtest du etwas trinken?", erkundigte sich Ruby und erst in diesem Moment ging ihm auf, dass er aus dem Fenster gestarrt hatte, während sie neben ihm stand und ihn beobachtete.

„Einen ungesüßten Tee, bitte, und wenn du zurückkommst, habe ich mich entschieden, was ich essen möchte. Was ist das Tagesgericht?" Er grinste.

„Ein ungesüßter Tee, kommt sofort. Wir haben wie immer unsere Standardgerichte, aber heute macht mein Red seine außergewöhnliche Langusten-Bowl. Du magst doch Langusten, oder?"

Er lachte. „Du weißt ganz genau, wie sehr ich die mag. Das tun nicht alle, aber ich liebe sie. Unsere Großeltern haben das an uns weitergegeben. Meine Grams bereitete Langusten zu wie sonst kaum jemand, aber eure stehen ihren in nichts nach. Damit wäre also geklärt, was ich zum Mittag esse. Vielen Dank."

Grinsend tippte sie ihm auf die Schulter. „Gern geschehen. Und ich wollte dir noch sagen, dass ich mir wünschen würde, dass du dir morgen jede erdenkliche Mühe gibst, die reizende Jasmine auf die Tanzfläche zu bringen. Wir alle haben sie bei den Tänzen beobachtet, seit sie in die Stadt gekommen ist, und sie hat noch kein einziges Mal getanzt. Ich weiß nicht, ob du das wusstest, aber ihre Mutter, Audrey, war eine der ersten, die in die Stadt kam, um Gennas Geschäft einen Besuch abzustatten. Sie war diejenige, die Genna überhaupt erst auf die Idee zu den Tänzen gebracht hat. Von ihr stammt die ursprüngliche Idee… von ihrer Mutter, die wollte, dass ihre Tochter herkommt und hier ein neues Leben beginnt.

Und inzwischen lebt Jasmine tatsächlich hier, sie arbeitet für Genna und ist noch dazu eine ganz wundervolle junge Frau. Aber sie bewegt sich einfach nicht auf die Tanzfläche. Wir fragen uns alle warum. Aber eins weiß ich sicher, und zwar, dass du, Caleb

Buckley, auf ebenjener Tanzfläche Wundervolles tust."

„Nun, ich weiß nicht recht." *Wo führte das hin?*

„Ach komm schon, du weißt, dass du das tust. Ich habe gesehen, wie du sie beim ersten Tanz, zu dem sie kam, aufgefordert hast, und dass sie dir und jedem anderen Cowboy einen Korb gegeben hat. Ich habe nicht gesehen, dass du sie danach noch einmal gefragt hast."

„Sie will nicht tanzen." Eine gewisse Ahnung stieg in ihm auf.

„Vielleicht, vielleicht auch nicht. Ich möchte dich um einen Gefallen bitten – ich weiß, dass du mich magst und hoffe, dass du Ja sagst." Sie gluckste mit strahlenden Augen, und er lachte auch, denn ausnahmslos alle mochten Ruby. „Bitte frag Jasmine noch einmal, ob sie mit dir tanzen möchte und versuch sie davon zu überzeugen, mit dir auf die Tanzfläche zu kommen. Wir Damen sind uns einig, dass sie anfangen sollte, sich zu amüsieren und sich nicht weiter bei uns Älteren zu verkriechen."

Caleb war in seinem ganzen Leben noch nie nervös gewesen, doch nun war er es mit einem Mal. Er war ein tatkräftiger Cowboy und wusste, dass er mit seiner Entschlossenheit alles zu Ende brachte, was er sich vornahm. Doch Jasmine auf die Tanzfläche zu bekommen, klang nach einer komplizierten Aufgabe.

Nicht nur, weil sie nicht auf die Tanzfläche wollte, sondern aus irgendeinem Grund, der ihm selbst nicht ganz klar war, hatte er auch Angst, sie mit sich auf die Tanzfläche zu nehmen.

Warum war das so?

* * *

Jasmine Scott zog der Schaufensterpuppe in der Nähe des vorderen Fensters ein neues Outfit an, zum Glück war es nicht die *im* Fenster. Ansonsten hätte sie genau dort gestanden, als Caleb Buckley vorgefahren und aus seinem Truck gestiegen war. Sein großer Truck ähnelte dem seiner Brüder, doch seiner hatte breitere Reifen und war insgesamt ein wenig auffälliger. *Ein bisschen wie Caleb.*

Kein Gedanke, den sie bewusst gedacht hatte. Doch seit sie in Gennas Classy-Sassy Boutique arbeitete – was sie tat, seitdem ihre Mutter dafür gesorgt hatte, dass sie in dieser hübschen kleinen Stadt ein neues Leben beginnen konnte – fühlte sie sich zu diesem Cowboy hingezogen, ob sie es nun wollte oder nicht. Sie wollte sich zu niemandem hingezogen fühlen. Doch etwas an Caleb zog sie an, und sie wusste auch, was das war – und das war gar nicht gut.

Sie hatte den Job in der Boutique angenommen und

liebte ihn. Sie mochte die Frauen der Stadt; sie liebte jeden, und hatte bis zu einem gewissen Grad Spaß am Leben. Bevor sie hergezogen war, war ihr Leben eine einzige Katastrophe gewesen – oder eine Art Albtraum, an den sie nicht oft dachte… jedenfalls nicht mehr, seit sie hier war.

So oder so verspürte sie nicht die geringste Lust, eine weitere Beziehung einzugehen.

Sie wusste, dass die Damen ihre Blicke auf sie gerichtet hatten. Doch Verabredungen kamen nicht in Frage – überhaupt nichts, was zu einer neuen Beziehung führen konnte – wenn man die Misere, die in ihr jeden Wunsch im Keim erstickt hatte, es noch einmal mit einer Beziehung versuchen zu wollen, überhaupt als solche bezeichnen konnte.

Sie liebte diese Stadt trotz der Tatsache, dass sie voller Cowboys war. Sie sah gern Cowboys, verspürte aber nicht die geringste Lust, jemals wieder mit einem *auszugehen*. Sie ging gern zu den monatlichen Tanzveranstaltungen und sah den anderen dabei zu, wie sie ihren Spaß hatten. Es hatte eine Zeit gegeben, in der sie selbst gern getanzt hatte, doch diese Zeiten waren vorbei.

Unwiederbringlich vorbei.

Ihr Blick wanderte zum Schaufenster und zu Calebs Truck. Sie rieb sich die Schläfe. Calebs gigantischer

Wagen fiel ihr stets auf, genauso wie ihr nicht entging, dass er nach jedem Tanz und nachdem er mit jeder Frau getanzt hatte, die Ja gesagt hatte, immer allein ging. Auch wenn sie wünschte, nichts an ihm würde sie ansprechen, so war es doch…

Vielleicht war *ansprechen* nicht das richtige Wort – er machte sie neugierig, das war besser.

Sie fragte sich, was er erlebt hatte, um nicht mehr entspannt zu daten. Sie hätte gern gewusst, ob er wie sie eine katastrophale Erfahrung gemacht hatte.

Stopp. Sie konzentrierte sich auf das Ankleiden der Schaufensterpuppe und nicht auf Calebs Anwesenheit im Diner nebenan, zu dem sie gleich hinübergehen würde. Sie zog der Schaufensterpuppe gerade einen Rock an, als ein weiterer Truck vorfuhr, und sie beobachtete, wie zwei von Calebs Brüdern und einer seiner Cousins ausstiegen. Ryder, Zack und Hunter kletterten aus dem Wagen. Großer Gott, genau wie Caleb waren sie groß, breitschultrig und gutaussehend. Trotz der Tatsache, dass sie ausgeblichene Arbeitsjeans und schlammige Stiefel trugen, sahen sie großartig aus. Sie stampften mit den schmutzigen Schuhen kurz auf die Straße, bevor sie auf den Bürgersteig traten. Ihr gefiel, dass sie offenbar versuchten, sich ein bisschen herzurichten, bevor sie ins Diner gingen. Caleb hätte dasselbe getan, doch seine Stiefel waren sauber gewesen. Augenscheinlich hatten sie verschiedene Arbeiten auf der Ranch erledigt und trafen sich nun hier zum Mittagessen.

„Okay ich bin fertig. Kommst du mit zum Mittagessen?", rief Genna Buckley, als sie aus dem Hinterzimmer kam. „Ich drehe das Schild herum. Ich habe einen Riesenhunger." Sie lächelte Jasmine an und ging zur Tür.

Eigentlich wollte sie gerade nicht ins Diner. Jeder der drei Buckleys, der gerade hineingegangen war, war Single und mit gutem Aussehen gesegnet, doch sie verschwendete keinen müden Gedanken an sie. In Bezug auf Caleb sah das anders aus. Er war derjenige, der sie aufwühlte. Derjenige, dem sie aus dem Weg zu gehen versuchte. Glücklicherweise hatte er ihr *Nein, danke* hingenommen, als er sie zum Tanzen aufgefordert hatte und sie seither in Ruhe gelassen. Das mochte sie. Und trotzdem wachte sie manchmal mitten in der Nacht auf, ob sie das nun wollte oder nicht, und stellte sich vor, mit ihm auf der Tanzfläche zu sein und Caleb zu zeigen, dass sie sehr wohl tanzen konnte. Genauso gut wie er. Doch nein, auf keinen Fall, das würde sie nie wieder jemandem zeigen. Nie wieder.

„Mittagspause, du Workaholic." Genna gluckste in der offenen Tür.

Sie richtete ihren Blick auf Genna. „Tut mir leid.

Ich war, ähm, in Gedanken. Bin bereit."

Bereit oder nicht, es war an der Zeit zu gehen. Zum Glück hatte sie die Schaufensterpuppe umgezogen und alles saß. Ihr Magen fühlte sich an, als würde er einen Abhang hinabstürzen, als sie nach draußen ging und darauf wartete, dass ihre Chefin und gute Freundin hinter ihnen abschloss. Anschließend gingen sie die paar Meter zum Mulberry Diner hinüber.

Es war genauso, wie sie es vermutet hatte, die Buckley-Brüder saßen allesamt am vorderen Fenster, und ihr Blick traf unverzüglich den von Caleb. Rasch schaute sie woanders hin und trat durch die Tür, die Genna ihr aufhielt. *Warum?* Das Diner war groß, mehrere Tische befanden sich in der Nähe des Fensters, warum war ihr Blick ausgerechnet dem von Caleb begegnet?

Ruby Mulberry, die reizende Inhaberin des Diners und ihr Mann Red waren wundervolle Menschen. Rubys Ehemann übertraf jeden mit seinen Kochkünsten. Die Leute kamen wegen seinem Essen in die Stadt und sorgten dafür, dass das Diner zur Frühstücks- und Mittagszeit immer bestens gefüllt war und oft auch abends. Ruby liebte die Buckleys und hielt stets einen Tisch am Fenster für sie frei. Einer oder mehrere von ihnen tauchte immer auf und weil sie gern in der Nähe des Fensters saßen, sorgte Ruby dafür, dass dort ein Platz für sie freiblieb.

„Guten Morgen. Ich dachte mir schon, dass ihr zwei zum Essen vorbeischaut. Ihr bereitet euch sicher schon auf die Wochenendgäste vor; da morgen der Tanz stattfindet, werden sicher viele Leute in die Stadt kommen. Sie treffen bereits ein, wie ihr seht." Ruby blickte sich in dem rasch voller werdenden Diner um. „Jasmine, ich habe von Sydney gehört, dass deine Familie ihr B&B dieses Wochenende komplett gebucht hat und alle heute Nachmittag anreisen werden."

„Ja, Madam. Sie freuen sich schon aufs Tanzen und Einkaufen." Ihre Mutter und ihre weitläufige Verwandtschaft sorgten an den Wochenenden, an denen die Tänze stattfanden, stets dafür, dass das Bed and Breakfast von Sydney und Dustin Buckley und der kleinen Hazel komplett ausgebucht war. Und jedes Mal war sie dankbar dafür, dass sich ihre kleine, gemietete Hütte weiter draußen auf dem Land befand. Ja, ihre Hütte lag recht weit entfernt am anderen Ende der Buckley Ranch, und war zum Glück nicht sehr groß. Sie war ihr Versteck, dort konnte sie allein sein und was noch wichtiger war, sie war zu klein, um ausreichend Platz für ihre Familie zu bieten, wenn diese für die Tänze anreiste. Und da es ihrer Mutter in Sydneys Bed and Breakfast ausnehmend gut gefiel, musste Jasmine kein schlechtes Gewissen wegen der mangelnden Größe ihrer Unterkunft haben.

Sie würde in der Pension vorbeischauen, nachdem alle eingetroffen waren und anschließend allein in ihre Hütte zurückkehren. Dort hatte sie ihren Frieden, einen Frieden, den sie dringend benötigte.

Im Moment hatte sie den nicht, denn Ruby führte sie an den Tisch, der sich direkt neben dem der Buckleys befand. Bevor sie sich so hinsetzen konnte, dass sie Caleb den Rücken zuwandte, glitt Genna auf diese Bank, sodass für Jasmine nur der Platz blieb, von dem sie einen direkten Blick auf Caleb hatte. Und er auf sie.

Caleb war nicht der hübscheste der Buckley-Brüder; sie sahen alle auf ihre eigene Art und Weise gut aus. Caleb hatte sandbraunes Haar anstelle des schwarzen Farbtons, den die Haare fast aller seiner Brüder aufwiesen. Er hatte olivgrüne Augen und ein ganz besonderes Lächeln, ein Lächeln, dass just in dem Moment aufleuchtete, als er sie ansah.

Ihr Herz überschlug sich augenblicklich und begann wie wild zu klopfen. *Wie um Himmels Willen sollte sie nur das Mittagessen überstehen, wenn er genau in ihrem Sichtfeld saß?* Wie sollte sie überhaupt essen – das Letzte, was sie wollte, war, dass sie sich an etwas verschluckte und er ihr dabei helfen musste, es wieder hochzubringen. Doch da saß er nun und lächelte und sie konnte einfach nicht anders und lächelte zurück.

KAPITEL ZWEI

Jasmine hatte sein Lächeln erwidert – nun ja, zumindest hatten sich ihre Lippen an den Rändern leicht nach oben verzogen.

„Hi, ihr." Genna hatte sich umgedreht und blickte nun Caleb, Ryder, Zack und Hunter an. „Schön, euch alle zu sehen. Ich habe vorhin mit West gesprochen, er ist gerade mit Hazel und einer ganzen Wagenladung voll Ziegenbabys in San Marcos angekommen."

Die Männer begrüßten ihre Schwägerin und Calebs Blick richtete sich auf Jasmine, die nun wie meistens unbehaglich dreinsah. Er sah Genna an. „Er bringt die Ziegen gern zu Kindern, die sie auf ihren Viehschauen im County zeigen wollen. Ich glaube, er hält sich für den Weihnachtsmann."

Genna kicherte. „Damit könntest du recht haben."

„In diesem Punkt kommt er ganz nach Grandma", warf Ryder ein.

Hunter und Zack stimmten ihm zu. Caleb war derselben Meinung, doch sein Blick wanderte wieder zu der stillen Jasmine.

Es ließ sich nicht leugnen, dass Jasmine Scott wunderschön war. Doch es schien ihr keine Freude zu machen, ihn anzusehen. Nein, stets bemerkte er eine Art imaginären Vorhang, der sich vor ihren erstaunlichen goldenen Augen herabsenkte, wenn sie ihn ansah. *Warum nur?* Er ignorierte diese Frage, als sich seine Augen in ihre bohrten, und er ein Flackern in deren goldenen Tiefen zur Kenntnis nahm. Sie war offensichtlich nicht begeistert über ihren Sitzplatz und wünschte sich wahrscheinlich, sie säße an Gennas Stelle und würde ihm den Rücken zukehren. Doch so, wie die Dinge standen, hatte er sie großartig im Blick und nun lächelte er erneut, um zu sehen, wie sie reagierte. Sofort wandte sie den Blick ab, blickte aber unverzüglich wieder zu ihm zurück, was ihm ausnehmend gut gefiel. Er lächelte noch etwas breiter, nur um im nächsten Moment mitanzusehen, wie sich ihre Augen wie üblich verdüsterten, bevor sie einen Blick auf die Speisekarte warf.

„Bist du bereit für den Tanz, Jasmine?", fragte er direkt, sodass sie aufblicken und ihn ansehen musste.

„Ich werde wie immer am Stand mit den Erfrischungen helfen", sagte sie kühl.

„Vielleicht tanzt du ja diesmal." Er konnte nicht anders. Er musste an Rubys Worte denken, als sich Jasmines goldener Blick verdunkelte und zwei vertikale Linien zwischen ihren Augenbrauen auftauchten.

„Nein, ich tanze nicht. Aber ich freue mich darauf, alle zu sehen."

„Vielleicht solltest du es mal versuchen. Es ist nicht schwer. Ich könnte es dir beibringen."

Ihre wunderschönen Augen blitzten. „Nein, ich werde mich abseits halten und helfen."

Eine klare Absage, doch weil er wusste, dass ihn Genna und seine Brüder beobachten, machte er weiter. „Du sorgst immer dafür, dass alle bei den Tänzen genug zu essen und trinken bekommen. Aber es ist an der Zeit, dass du auch mal etwas Spaß hast. Schließlich fordern dich jedes Mal massenhaft Cowboys zum Tanzen auf."

Ihr Kiefer spannte sich an. „Das ist nett von ihnen und dir, aber ich werde mich von der Tanzfläche fernhalten."

Was hatte es nur damit auf sich, dass sie nicht tanzen wollte? Vielleicht hatte sie kein Rhythmusgefühl oder etwas in der Art, aber eigentlich glaubte er das nicht. Mit einem Mal fühlte er sich herausgefordert. Er würde versuchen, sie umzustimmen und sehen, wohin das führte…

Schwierigkeiten, dieses Vorhaben könnte sehr

wohl zu Schwierigkeiten führen.

Doch als er erneut in ihre Augen sah, wusste er, dass er es trotzdem riskieren würde. Schwierigkeiten hin oder her, er wollte mit Jasmine über die Tanzfläche wirbeln.

* * *

„Du warst ziemlich still im Diner."

Jasmine sah ihre Freundin an. „Ich bin meistens eher still."

„Das ist mir aufgefallen, doch wenn mein Schwager Caleb in der Nähe ist, bist du noch ruhiger als sonst. Er ist ein netter Kerl."

Jasmine wünschte, ein Kunde würde hereinkommen. „Er ist nett, das kann ich nicht bestreiten und er tanzt großartig…"

„Er will mit dir tanzen."

„Ja, aber ich tanze nicht, und auch wenn ihr mich alle gern dazu animieren wollt, wird das nicht geschehen."

Genna kam mit einer leuchtend roten Bluse in der Hand zu ihr und reichte ihr das wunderschöne seidige Shirt. „Du solltest die hier tragen. Sie passt perfekt zu deinen weißen Jeans und vielleicht den roten, flachen Schuhen von dir."

Jasmine hätte gern die Augen verdreht, doch das hier war ihre Freundin und Chefin. „Ich hoffe, du hast das als verkaufsfördernde Maßnahme vorgeschlagen, und nicht aus einem anderen Grund."

Genna kicherte. „Genau darum ging es mir – du kannst sie umsonst tragen und vielleicht gewinnen wir ein paar neue Kunden, weil du umwerfend darin aussiehst." Sie deutete auf den Ständer mit den Seiden-T-Shirts in verschiedenen Farben. „Du wirst fantastisch aussehen und damit Werbung für mein Geschäft machen. Die Frauen werden wissen wollen, wo du es herhast, und du wirst es ihnen verraten."

Jasmine seufzte. „Du weißt, dass ich genau wie meine Mutter eine Schwäche für schöne Kleidung habe. Aber es kommen ohnehin etliche Leute nur wegen deinem Laden und deinem unverwechselbaren Geschmack in die Stadt, sodass deine Kleidung beim Tanz vielerorts zu sehen sein wird. Es wird also keinen großen Unterschied machen, ob ich das rote Seiden-Shirt trage oder nicht."

„Ich denke schon. Du fällst auf, sobald du die Tanzfläche betrittst – wenn du denn tanzt – und wirst mir so dabei helfen, die Boutique noch bekannter zu machen. Ich werde den Ansager instruieren, was er sagen soll: Seht nur, dort ist die atemberaubende Jasmine, sie trägt eines der unglaublichen Shirts aus

Gennas Sassy Classy Boutique."

Jasmine lachte, auch wenn sie sich mehr nach stöhnen fühlte. „Du bist urkomisch. Aber Lumas kann genauso gut verkünden, dass Jasmine, die dort drüben am Getränketisch steht und den Leuten die köstliche Limonade von Josie Jane, ein zuckerfreies Getränk oder ein Glas Wasser einschenkt, dies tut, während sie – Achtung, Achtung – eins der unglaublichen Shirts aus Gennas Classy Sassy Boutique trägt."

Genna zog Jasmine in eine Umarmung. „Ich nehme an, ich werde dich nicht überreden können, auf der Tanzfläche Werbung für mich zu machen, denn ja, wenn ich Lumas darum bitte, würde er sicher auf diese Weise auf meine T-Shirts aufmerksam machen. Und er würde dich schon sehen, egal wo du bist und es mir mit seiner Durchsage verraten. Und nun, wo du gesagt hast, dass das für dich in Ordnung wäre, sehe ich darin gewisse Vorteile. So wissen Caleb und die anderen Jungs, wo sie dich finden, falls sie dich zum Tanzen auffordern wollen."

Viele Männer hatten sie gefragt, ob sie beim Stadttanz mit ihnen tanzen wollte, doch sie hatte alle Anfragen abgelehnt und erwidert, dass sie nicht tanze. Sie hatte keinem der Männer gesagt, dass sie *nie wieder* tanzen würde, doch genau das war ihr jedes Mal durch den Kopf gegangen, wenn man sie aufgefordert hatte.

Sie wusste, dass Genna das Herz am rechten Fleck hatte und ihr nur dabei helfen wollte, ihre – wahrscheinlich schmerzhafte – Vergangenheit hinter sich zu lassen. Und auch wenn Jasmine nicht über das Geschehene sprach, wusste sie, dass viele Damen ähnliche Überlegungen angestellt hatten. Man hatte sie nie zum Reden gedrängt. Hin und wieder gewährte sie jemandem einen etwas tieferen Einblick. So wie Millie Watts, als diese mit Sydney, inzwischen Gennas Schwägerin, gesprochen hatte. Zu diesem Zeitpunkt war Sydney noch unsicher gewesen, ob sie wieder heiraten sollte, nachdem sie ihre große Liebe, den Vater der süßen Hazel verloren hatte. Auch Millie hatte ihren Mann verloren und nie wieder geheiratet, aber an diesem Abend hatte sie Sydney dazu aufgefordert, sich erneut der Liebe zu öffnen.

Als Jasmine mitangehört hatte, wie die beiden Frauen über ihre tiefe Liebe und ihren Verlust gesprochen hatten, hatte sie sich darum bemüht, ihre eigene Vergangenheit hinter sich zu lassen. Ihr eigener Schmerz war nicht mit dem der beiden vergleichbar; ihr Fall beruhte auf einem Mangel an Verstand – zumindest sah sie selbst das so. Sie hatte geglaubt, ihre große Liebe gefunden zu haben und sich von diesem Gedanken blenden lassen und deshalb nicht erkannt, dass sie getäuscht wurde. Deswegen traute sie sich nun nicht mehr, ein solches Risiko noch einmal einzugehen. Vor allem, weil es ihr hier in Lone Star ausnehmend gut gefiel.

So gut, dass sie das nicht aufs Spiel setzen wollte.

Genna hatte ihre eigenen Probleme gehabt, und Jasmine wusste, dass sie sie für ihre Liebe überwunden hatte und natürlich hoffte, dass ihr das Gleiche gelingen würde. Keiner wusste, dass sie nie wieder auf ein Date gehen würde.

„Ich möchte nicht tanzen und werde es auch nicht tun." Sie erwiderte Gennas Blick mit einer Festigkeit, die ihrer Freundin hoffentlich zeigte, wie entschlossen sie war. „Sieh mal, das Wichtigste an den Tänzen ist doch, dass alle Spaß haben und ich kann dir versichern, ich habe mit den älteren Damen von Lone Star die Zeit meines Lebens. Sie sind erstaunlich und äußerst lustig. Ich habe jede Menge Spaß mit ihnen. Es war ein Vergnügen, mit anzusehen, wie Millie nach all den Jahren, in denen sie nicht getanzt hat, etwas lockerer wurde. Beim letzten Mal hat sie sogar mit Lumas getanzt, während ich den Getränketisch beaufsichtigte, und ich hoffe, dass sie das morgen Abend wieder tun wird. Ich werde jedenfalls gern ihren Tisch im Auge behalten."

Genna verschränkte die Arme und legte den Kopf zur Seite, während sie Jasmine forschend ansah. „Du hast recht. Millie hat ihren Mann bei diesem schrecklichen Rodeo-Unfall verloren, und nachdem sie und Lumas daran mitgewirkt hatten, seine Enkelin und Ace zusammenzubringen, haben sie miteinander getanzt. Und es sah so aus, als hätte ihnen das sehr viel Freude gemacht. Jasmine, das könntest *du* sein. Ich möchte nur, dass du weißt, dass man manchmal einen Schritt nach vorn machen muss, um die Vergangenheit zu verarbeiten. Vielleicht, nur vielleicht, gehst du morgen raus auf die Tanzfläche und wagst einen Tanz. Nur einen. So, das wars von mir. Ich werde dich nicht weiter drängen. Es ist deine Entscheidung." Sie lächelte und entfernte sich.

Jasmine war erleichtert darüber, dass ihre Freundin sie in Ruhe ließ. Sie drehte sich um und blickte aus dem Fenster auf die Hauptstraße, wo bereits fast alles für den Tanz vorbereitet war. Die Lichter waren aufgehängt, die Blumenkübel standen bereit und morgen würden noch die Tische aufgestellt werden. Um sieben Uhr würde die Band zu spielen beginnen, und alle würden herbeiströmen, ihre Mutter eingeschlossen.

Sie selbst würde hinter ihrem Tisch stehen und das Spektakel von dort verfolgen. Andere hatten es genauso gemacht, bis sie wussten, welchen Mann sie wollten... jetzt hofften alle, dass Millie und Lumas Schritt für Schritt, langsam und vorsichtig, den Weg zu ihrem

Neuanfang gingen.

Warum waren ihre Gedanken in diese Richtung gedriftet? Ja, andere hatten hinter diesem Tisch neben der wunderbaren Millie gestanden, einer Frau, die nie tanzte, weil sie verletzt worden war und sich selbst jeden Spaß verbot, doch nun schien sie endlich wieder Spaß haben zu können. Doch egal, wie sehr sich die Leute auch wünschen mochten, dass Jasmine auf die Tanzfläche ging, dies würde nicht passieren.

* * *

„Caleb, es überrascht mich nicht, dass du so früh hier bist", sagte West, als Caleb auf die Tanzfläche zuschritt.

„Ich bin immer früh hier, das weißt du." Er grinste, jeder wusste, dass das so war. „Kann ich irgendetwas tun?"

Sein Bruder zog eine Augenbraue hoch. „Sicher, du kannst wie sonst auch dafür sorgen, dass all die reizenden Frauen, die zu unserem Tanz kommen, im Laufe des Abends jemanden zum Tanzen haben. Wir wissen, dass wir diesbezüglich immer auf dich zählen können."

„Du kennst mich gut. Dabei helfe ich immer gern, du kannst dich darauf verlassen, dass ich mich auch weiterhin darum kümmere." Er schaute über die

Tanzfläche und erhaschte einen Blick auf Jasmine, die sich mit Ruby und Josie Jane unterhielt, während sich um sie herum die älteren Damen mit ihrem Strick- und Häkelzeug einfanden und auf Stühlen niederließen. Von dort aus würden sie den Tanz und die Anwesenheit der Besucher genießen. Einige von ihnen würden auch tanzen. Sie hielten sich stets in der Nähe der Erfrischungen auf, sodass sie sich mit den Tanzenden unterhalten konnten, wenn diese eine Pause und etwas zu trinken brauchten. Er versuchte, nicht zu starren, doch diese Frau erregte seine Aufmerksamkeit.

„Wie ich sehe, hältst du nach wie vor nach Jasmine Ausschau."

Er blickte West an, dessen Gesicht ein breites *Ich weiß, dass du Interesse hast*-Grinsen zierte.

Er runzelte die Stirn. „Ich habe zufällig dort rüber geschaut."

„Klar, verleugne es nur, wenn du willst, aber uns allen ist aufgefallen, dass unser Bruder, der mit vielen Frauen ausgeht, neuerdings ständig ein Funkeln in den Augen hat, wenn es um Jasmine geht. Ich habe von Ruby gehört, dass sie dich gebeten hat, Jasmine auf die Tanzfläche zu bringen." Er grinste. „Klingt, als würdest du dich auf eine Show vorbereiten."

„Eine Show? Auf keinen Fall." Überrascht nahm er zur Kenntnis, dass Ruby den Leuten erzählte, dass er zugestimmt hatte, Jasmine auf die Tanzfläche zu führen. „Ruby hat mich darum gebeten und ich habe zugestimmt, aber Jasmine hat ihren eigenen Kopf. Sie tanzt nicht; das ist allen aufgefallen. Ehrlich gesagt hat sie ziemlich unverblümt reagiert, als ich sie damals bei ihrem ersten Tanz aufgefordert habe, wie ich es immer mache… so a la „auf keinen Fall tanze ich". Ich weiß nicht recht, ob sie ein Problem mit dem Tanzen oder ein Problem mit Männern hat. Mit Männern in ihrem Alter spricht sie nur, wenn es sein muss. Irgendetwas stimmt da nicht."

„Du hast sie wirklich beobachtet, alles genau analysiert und abgespeichert, so als wäre dies ein Rätsel, das es zu lösen gilt, Bruder."

Caleb riss sich den Hut vom Kopf und fuhr sich mit den Fingern durchs Haar, hin zu seinem jetzt angespannten Nacken. „Hör mal, ich werde es versuchen, weil Ruby mich darum gebeten hat, und ich denke, jeder weiß, dass irgendetwas geschehen sein muss, was Jasmines Distanziertheit ausgelöst hat. Ich bin gleichermaßen neugierig, warum sie so ist und um sie besorgt und eine Herausforderung ist es auch."

„Und jeder weiß, wie sehr du Herausforderungen liebst." West grinste und wurde dann ernst. „Uns allen ist aufgefallen, was du beschrieben hast. Genna hat ihr wohlweißlich etwas Freiraum gelassen, aber ich merke, dass sie sich Sorgen macht und denkt, dass es gut für Jasmine sein könnte, zu tanzen. Also, was wirst du tun?"

„Ich werde sie zum Tanzen auffordern. Aber wenn sie Nein sagt, müssen wir ihr Raum geben. Es ist ihre Entscheidung. Nicht die von irgendjemandem sonst."

„Du hast recht. Ich denke, wir freuen uns alle, dass du es versuchen wirst. Dass du dich der Herausforderung stellst. Stimmts?"

Eine Herausforderung war es wirklich, eine größere als irgendjemand wusste.

Du bist der Herausforderung nicht gewachsen. Er mochte nicht, was die Stimme in seinem Kopf sagte. Er sah sich gern jeder Herausforderung gewachsen, aber aus irgendeinem Grund war er sich in Bezug auf die schöne Jasmine nicht so sicher.

War er der Herausforderung nicht gewachsen? Er wusste es nicht, doch er würde an diesem Abend versuchen herauszufinden, warum ihn ihre Person und ihr Nein so unsicher machten.

Schon lange hatte keine Frau mehr seine Aufforderung zum Tanzen abgelehnt und er wusste, dass ihn dies nicht sonderlich beunruhigen würde, wenn es erneut geschähe, er würde einfach eine andere fragen. Sein Bruder blickte ihn immer noch auf eine Antwort wartend an und er wusste, dass es etwas Anderes wäre, wenn Jasmine ablehnte.

Er wusste nicht, ob ihr Nein mit ihm zu tun hatte oder mit einem Geschehnis in ihrer Vergangenheit. Wenn Letzteres der Fall war, würde er vielleicht etwas tiefer graben müssen, um herauszufinden, was geschehen war.

Er war sich nicht sicher, warum dieser Gedanke immer wieder in seinem Hinterkopf auftauchte, doch an diesem Abend würde er versuchen, sie auf die Tanzfläche zu bringen. „Ich habe es Ruby versprochen, aber ihr alle, die mich drängt, müsst verstehen, dass es einen Grund dafür geben kann, warum sie Nein sagt. Wenn Jasmine nicht tanzen will, ist das ihre Sache, nicht die der anderen. Sie kann so oft Nein sagen, wie sie möchte. Es spielt keine Rolle, wie oft sie aufgefordert wird; sie kann so oft Nein sagen, bis auch der Letzte verstanden hat, dass sie nicht tanzen will."

Der Blick seines Bruders wurde ernst. „Ja, du hast recht. Du hast völlig recht. Ich finde es großartig, dass du das sagst. Du wirst daran denken. Vielleicht braucht sie jemanden wie dich, der für sie einsteht und den Leuten sagt, sie sollen es lassen."

„Eine Sache ist mir an Jasmine aufgefallen, und zwar, dass es ihr nichts ausmacht, auszudrücken, was sie denkt. Manchmal nicht mit Worten, sondern mit ihrem

Verhalten, manchmal geht sie auch nur leise fort. Als ich sie bei ihrem ersten Tanz aufforderte, hat sie mir ganz klar zu verstehen gegeben, dass die Antwort Nein lautet. Es war unmissverständlich. Sie hat sich gut ausgedrückt, mit Anmut. Sie hat nichts Hässliches gesagt; sie sagte nur ganz entschieden Nein. Also wer weiß, was der Abend bringen wird? Es wird spannend, Bruder."

West drückte seine Schulter. „Ich kenne dich – dir wird schon etwas einfallen. Und ich glaube, du könntest recht haben. Ich weiß, dass du ihr helfen wirst, wenn sie ein Problem hat und Hilfe benötigt. Ruby denkt das wahrscheinlich auch. Alles klar, ich muss los. Es sieht so aus, als würde die Band demnächst zu spielen beginnen. Also viel Glück, Kumpel."

Er blickte seinem Bruder nach, während die Gedanken in seinem Kopf umherwirbelten, die er zu unterdrücken suchte. Als ihm auffiel, wie gut Jasmine mit den Frauen kommunizierte, wusste er, dass wirklich irgendetwas nicht stimmte.

Sie lachte laut über etwas, was eine der Damen gesagt hatte. So war sie in der Gegenwart von Frauen. Doch wenn ein Mann in der Nähe war, war sie distanziert, so wie gestern. Es ging ihn eigentlich nichts an, aber dennoch… es beschäftigte ihn und dort lag das Problem. Er war die Art Cowboy, die nicht einfach weitergehen konnte, wenn etwas nicht stimmte. Diese Sache würde ihn beschäftigen, bis er herausfand, was dahintersteckte.

Er konnte also sehr wohl in Schwierigkeiten geraten. Trotzdem würde er keinen Rückzieher machen. Was geschähe, würde geschehen, so oder so.

KAPITEL DREI

Jasmine stand hinter dem Getränketisch, schenkte süße Getränke und hausgemachte Limonade aus und sah den anderen dabei zu, wie sie sich amüsierten. Singles, Familien – alle genossen die laue Sommernacht. Die Band war ausnehmend gut und spielte aktuelle Top-Hits genauso wie Oldies.

Ihr Blick schweifte gegen ihren Willen dorthin – und verweilte dort – wo er besser nicht gewesen wäre: bei Caleb, der sich in gewohnter Weise und mit all seinem Talent in den ersten Teil der Tanz-Nacht gestürzt hatte. Es waren erst etwa vierzig Minuten vergangen, seit der Tanz offiziell begonnen hatte. Wie immer befand er sich mit einer lächelnden Frau auf der Tanzfläche. Sie war seine achte Partnerin; jede von ihnen hatte so selig gelächelt, als befände sie sich im Himmel oder hätte kürzlich im Lotto gewonnen.

Gerade drehte er sie herumwirbelnd unter seinem

Arm auf seine andere Seite, während sie sich im Takt des Two-Step bewegten. Die beiden tanzten mit Anmut, sie wussten, was sie taten, und waren kreativ. Sie sah zu, wie er grinste, während die Frau lachte und sich erneut unter seinem erhobenen Arm drehte. Dann zog er sie an sich, bevor er sie wieder aus seiner Umarmung löste und herumwirbelte.

Jasmine erinnerte sich an die Zeiten, als sie mit ihrem Partner auf diese Weise getanzt hatte.

Sie wollte Caleb nicht die ganze Zeit beobachten, doch wann immer sie das tat, fielen ihr sein Talent, die Inspiration und die Leidenschaft auf, mit denen er tanzte.

Sie beobachtete ihn, seit sie hergezogen war und sein erstaunliches Talent war ihr nicht verborgen geblieben. Außerdem gelang es ihm stets mühelos, das Können seiner Tanzpartnerin einzuschätzen. Damit hatte es begonnen, seitdem beobachtete sie ihn… nun ja, vielleicht waren es auch seine faszinierenden Augen gewesen, die zunächst ihre Aufmerksamkeit erregt hatten; diesen Gedanken verwarf sie jedoch schnell wieder. Stets hatten die Frauen, die mit ihm tanzten, eine gute Zeit, er achtete darauf, dass er sie beim Tanzen weder über- noch unterforderte. Er passte seine Art des Tanzens ihrem Können an und half ihnen, ein bisschen besser zu werden, als sie es ohne ihn gewesen wären.

Dafür bewunderte sie Caleb.

Der Mann war gut, und bisher hatte noch jede Frau gelächelt, wenn sie ihren gemeinsamen Tanz beendeten und er sich seiner nächsten Partnerin zuwandte. Ihr fiel auf, dass dieser Mann nie den Eindruck erweckte, als wäre er an einer bestimmten Person stärker interessiert als an allen anderen.

Nicht, dass sie speziell darauf geachtet hätte, doch es war ziemlich offensichtlich. Sie war nicht an ihm interessiert, konnte aber nicht leugnen, dass er sie neugierig machte. Als der Tanz endete, kam ein Kind auf ihren Tisch zugelaufen und sie lächelte den Jungen an, froh darüber, etwas anderes tun zu können als den Mann anzustarren, den sie besser nicht anstarrte. „Möchtest du etwas trinken?"

„Ja, Ma'am. Ich habe gehört, dass die Limonade großartig sein soll, kann ich bitte ein Glas davon haben?"

„Das hast du richtig gehört. Josie Jane vom Laden auf der anderen Straßenseite macht sie und du kannst mir glauben, es gibt keine bessere als ihre." Sie füllte einen Pappbecher mit Eis und goss anschließend die wunderbar schmeckende, frisch aus reifen Zitronen zubereitete Limonade hinein und reichte den Becher dem kleinen Jungen. Als das Kind sich bedankt hatte und davoneilte, fiel ihr Blick auf Caleb, der auf sie zugelaufen kam.

Er hatte bisher ununterbrochen getanzt und musste durstig sein. Im Augenblick gab sie allein auf den Tisch acht, weil Millie mit Lumas tanzte. Die beiden ergänzten einander hervorragend auf der Tanzfläche und wie jeder andere Einwohner der Stadt hoffte auch sie, dass sich zwischen ihnen eine Romanze entwickelte. Sie lenkte sich mit diesem Gedanken ab, bis Caleb ihren Tisch erreichte.

„Wie ich sehe, verteilst du wohlschmeckende Getränke und bringst die Leute damit zum Lächeln. Das Grinsen des kleinen Jungen reichte von einem Ohr zum anderen, als er im Weggehen an der Limonade nippte."

Sie schenkte ihm ein zaghaftes Lächeln, wobei sie darauf achtete, dass es nicht zu groß geriet. „Ja, du weißt, wer sie zubereitet hat. Sie macht unbestreitbar die beste Limonade der Welt."

„Das stimmt. Sieh mal, Millie kommt nach ihrem Tanz mit Lumas zu eurem Tisch zurück. Wie wäre es also mit einem Tanz? Es macht Spaß und du beobachtest alle anderen mit Interesse. Warum probierst du es nicht selbst mal aus?"

Ihr Magen zog sich zusammen. Er wusste, dass sie stets Nein sagte. „Ich habe dir schon einmal gesagt, dass ich nicht tanzen möchte. Ich bin ehrlich – du bist ein großartiger Tänzer und mir gefällt die Art und Weise, wie du alle behandelst. Mir ist aufgefallen, dass du jeder Frau das Gefühl gibst, sie wäre eine hervorragende Tänzerin, auch wenn sie das nicht ist. Das erfordert ein gewisses Talent."

Er verschränkte die Arme und legte den Kopf schief. „Du beobachtest mich also beim Tanzen. Das ist dir aufgefallen? Das erkennt nicht jeder."

Was hatte sie getan? Warum hatte sie ihren großen Mund aufgemacht? „Ich sehe allen beim Tanzen zu und mir ist aufgefallen, dass deine letzte Partnerin nicht die weltbeste Tänzerin war, aber du hast ihr ein paar neue Schritte beigebracht. Du hast sie ihr beigebracht, ohne dass ihr aufgefallen ist, dass sie sie gerade von dir gelernt hat. Das kannst du gut."

Eines dieser erstaunlichen Grinsen breitete sich auf seinem hübschen Gesicht aus. „Nun, das mag sein. Du bist sehr aufmerksam. Ja, ich erkenne, wer nicht wirklich gut tanzt, würde demjenigen das aber nie sagen. Ich meine, sie sind nun mit mir dort auf der Tanzfläche, warum soll ich nicht versuchen, ihnen zu helfen, ein bisschen besser zu werden? Wenn ich dann später sehe, dass sich ihr Tanz mit anderen verbessert hat, gibt mir das ehrlich gesagt ein gutes Gefühl."

Ihr Herz zog sich bei seinen Worten zusammen. Sein Blick verweilte auf ihr und sie wusste, dass sie zu viel gesagt hatte. *Was sollte sie dem hinzufügen?*

„Du hast mir also beim Tanzen zugeschaut und dir ist das mit meinen Tanzpartnerinnen aufgefallen, offensichtlich weißt du also eine Menge übers Tanzen."

„Nur weil ich jetzt nicht tanze, heißt das nicht, dass ich nie getanzt habe." *Warum hatte sie* das *gesagt!*

„Ganz mein Gedanke. Also, komm. Komm mit und tanze einmal mit mir. Du würdest viele Menschen glücklich machen, wenn du das tätest, weißt du."

„Ich tanze nicht."

Seine Augen funkelten und sein Grinsen beschleunigte ihren ohnehin hämmernden Puls noch mehr.

„All die reizenden älteren Damen denken, dass du nicht tanzt, weil du entweder nicht weißt, wie es geht oder weil du aus irgendeinem mysteriösen Grund Angst davor hast. Sie wissen nicht – und mir war das auch nicht klar – dass du tanzen kannst. Du hast meine Neugierde geweckt und ich frage mich, ob du auch Drehungen beherrschst. Komm, zeig es mir und mach vielen Menschen damit eine Freude."

„Ich…"

Ein breites Grinsen erschien auf seinem Gesicht und er streckte ihr die Hand entgegen. „Komm schon. Tanz mit mir. Ich verspreche dir, dass ich nichts hineininterpretieren werde. Du gehst keine Verpflichtung damit ein oder etwas ähnliches

Verrücktes." Er gluckste.

Millie tat das Gleiche, sie war nähergekommen und hatte seine letzten Worte gehört. „Ja, geh mit Caleb tanzen." Das große Cowgirl trat hinter den Tisch, nahm Jasmines Arm und zog sie nach vorn.

„Nein, ich…"

„Doch", sagte Millie. „Tu es für mich. Ich würde so gern sehen, wie du dort rübergehst und ein bisschen Spaß hast. Du weißt, dass du nur damit angefangen hast, hier bei mir an diesem Tisch zu stehen, weil ich mich geweigert habe, dahinter hervorzukommen. Doch jetzt habe ich mich hervorgewagt und genieße es sehr. Es muss jetzt aufhören, dass sich diejenigen hinter diesem Tisch sammeln, die nicht tanzen wollen." Sie grinste breit. „Das Beobachten anderer von meinem Tisch aus hat jetzt ein Ende. Ich kann dir versichern, dass ich es unglaublich genossen habe, wieder dort draußen zu sein und hoffe, dass es dir genauso gehen wird."

Sie musste nicht erwähnen, dass sich dieser Spaß auf einen Mann beschränkte, Jasmine wusste es auch so. Sie blickte von Millie zu Caleb und seufzte. Ihr Herz donnerte wie ein tobender Sturm. Sie holte tief Luft, hob ihre Hand und legte sie in Calebs. „Okay, ich mache es. Aber ein einziger Tanz bedeutet nicht, dass ich das nun immerfort tun werde." Das war keine Frage – es war ein „Versteht ihr?"

Die beiden lächelten, als sie von Millie zu Caleb blickte. Er hielt ihre Hand und sorgte damit dafür, dass ihr Herz so schnell schlug, als wäre sie auf der Flucht vor einem Lauffeuer.

Und das war sie im Grunde auch. Oh ja, das war sie.

* * *

Caleb konnte nichts gegen sein Grinsen tun, als er Jasmine, eine ihrer Hände in seinen haltend, zur Tanzfläche führte. Er schaute weder nach links noch rechts, sondern ging mit gesenktem Blick zum Bereich für die Tänzer. Er blickte sie nicht an, während er sie hinter sich herzog, da er ihr keine Chance geben wollte, den Kopf zu schütteln und es sich anders zu überlegen. Sie hielt mit ihm Schritt und er führte sie in die Mitte der Tanzfläche, sodass sie von anderen Menschen umgeben waren und ihren eigenen begrenzten Raum hatten und es nicht so einfach wäre wie am Rande der Tanzfläche, sich umzudrehen und zu gehen, sollte sie diesen Impuls verspüren. Nachdem sie dort angekommen waren, wo er sein wollte, drehte er sich zu ihr herum. Er hielt noch immer ihre Hand in seiner und war sich der Hitze, die von ihren Fingern zu seinen strömte, deutlich bewusst. Noch nie in seinem Leben hatte er etwas Vergleichbares erlebt wie das Gefühl ihrer weichen Haut unter seiner Berührung.

Darüber würde er im Moment nicht eingehender nachdenken.

Und dann traf sein Blick auf ihren und der starke, trotzige Ausdruck in ihren Augen überraschte ihn. *War das eine Herausforderung?*

Sicher nicht. Er grinste. „Also, bist du bereit für diesen Tanz?"

„Ich bin hier bei dir."

Er lachte, über sie und darüber, dass die Band begann, das Dierks-Bentley-Lied *What Was I Thinkin'* zu spielen. Er blickte erst sie an und dann den Leadsänger der Band; Jess grinste ihn an, als er das Lied loszuschmettern begann. Das Einzige, was nicht stimmte, war, dass Caleb sehr wohl wusste, was er dachte. „Kannst du Swing tanzen?" Er zog sie zu sich und schwang sie dann wieder von sich fort, während er sich dem Takt anpasste – genau wie sie. Ihr Blick traf seinen und sie setzte jeden Schritt richtig, während das humorvolle Lied seinen Lauf nahm. Wow, diese Frau konnte tanzen.

Der Rhythmus des Songs war dazu gedacht, sich

dabei zu amüsieren und er und Jasmine tanzten, als tanzten sie schon ewig miteinander. Er konnte sich ein Grinsen nicht verkneifen, als er sie an sich vorbeizog, sich dann zu ihr drehte und sah, wie sehr sie in diesem Tanz aufging. Neben ihnen tanzten andere, doch er fühlte sich, als wären sie allein auf der Tanzfläche. Ihre Blicke waren miteinander verbunden, er forderte sie heraus und sie ließ sich mit einer Mühelosigkeit darauf ein, als wäre dies nichts weiter als eine Fahrt auf einem Karussell auf dem Spielplatz.

Er konnte nicht anders, er wirbelte sie herum und ließ sie dann nach unten sinken, sodass sie sich parallel zum Boden befand. Er blickte in ihre funkelnden goldenen Augen, in denen für einen Moment nichts als Glück lag. Bis zu dieser Minute hatte er sie noch nie so gesehen und er grinste sie an. Zu seiner unbändigen Überraschung erwiderte sie sein Lächeln, als er sie wieder nach oben zog. *Sie konnte tanzen.*

Und da war noch viel mehr: Das Funkeln in ihren Augen war von einer Intensität, als hätte man ihr unversehens ein neues Leben geschenkt. Ihre Finger noch immer in seinen Händen haltend, zog er sie zu sich und blickte ihr in die Augen. „Du tanzt unglaublich."

Ihr Gesichtsausdruck wich augenblicklich wieder

einem unleserlichen Blick. „Wie gesagt, ich habe nie behauptet, dass ich nicht tanzen kann. Ich tue es nur einfach nicht."

Er drehte sie weg und zog sie zurück. Diesmal berührten sich ihre Körper für einen Moment, als er sie in die andere Richtung passieren ließ. Er beobachtete, wie sie sich von ihm entfernte, und mit einem Mal wurde ihm bewusst, dass sie so gut in den Tanz hineingefunden hatten, dass die übrigen Tänzer ihnen Platz gemacht hatten. Sie befanden sich in der Mitte der Tanzfläche und waren von Paaren umgeben, die zu tanzen aufgehört hatten, um ihnen lächelnd zuzusehen.

Er drehte sie in einen weiten Bogen und dann wieder zurück in seine Arme und beugte sie herab, als sie sich trafen. Nachdem er sie wieder nach oben gezogen hatte, wirbelte er sie herum und ließ sie dann übermütig noch einmal Richtung Boden sinken. Er blickte in ihre funkelten Augen, der Atem stockte ihm, als sie den Blickkontakt aufrechterhielt. Mit klopfendem Herzen zog er sie zu sich, bevor er sie fortdrehte – und nun überraschte es ihn nicht mehr, dass diese Schönheit keinen Schritt verfehlte.

Jasmine wusste genau, wie man diesen Tanz tanzte. Man konnte sich an vorgegebene Schritte halten;

genauso gut konnten zwei Personen, die wussten, was sie taten, alles Mögliche zum Rhythmus der Musik anstellen und dabei eine Menge Spaß haben. Er hatte einen Riesenspaß, das stand für Caleb fest.

„Hast du genauso viel Spaß wie ich?", fragte er, als sie sich erneut berührten und er von einer Hand zur anderen wechselte.

„Ja, habe ich." Sie wirbelte herum und er umklammerte ihre Finger, wollte mehr… er wollte sie ganz fest halten.

Als das Lied zu Ende war, tat er genau das, was er hatte tun wollen, und zog sie zu sich. „Geh nicht. Tanz mit mir noch den nächsten Tanz." Die anderen Tänzer standen um sie herum und begannen mit einem Mal zu klatschen. „Du tanzt großartig. Und das war unser erster Tanz. Die Menschen schauen dir zu. Komm – bleib noch für einen weiteren Tanz."

Ihre Augen blickten plötzlich besorgt drein. „Das habe ich schon sehr, sehr lange nicht mehr getan und es hat Spaß gemacht. Aber erwarte nichts."

Erwarte nichts? „Tue ich nicht. Ich möchte nur mit dir tanzen. Ich möchte sehen, was du kannst, denn du weißt definitiv, was du tust."

Die Menge forderte sie auf, noch einmal zu tanzen,

als die Band ein neues Lied zu spielen begann. Ein langsames Lied. Aber auch langsame Tänze konnten aufregend sein, sie boten Raum für die verschiedensten Schritte und man konnte so viel mehr tun als sich nur im grundlegenden Two-Step durch den Raum zu bewegen und er vermutete, dass sie das auch wusste.

Er grinste. „Die Musik hat eingesetzt und alle beobachten uns, also lass uns das noch einmal machen."

Sie seufzte. „Okay, einen noch, Mr. Langsam-Tänzer. Ich habe dich beobachtet… ich weiß, was du kannst."

Er grinste und zog sie an sich, aber nicht zu nah. Sein Arm ruhte auf ihrem unteren Rücken; seine andere Hand hielt ihre neben ihren Körpern. Dann machte er einen Schritt nach vorn und sie einen zurück und los ging es. Sie bewegten sich im Two-Step, dann drehte er sie von sich weg und wieder zu sich heran und sie lächelte.

Ich habe dich beobachtet… ich weiß, was du kannst. Ihre Worte erfüllten ihn.

Und dann beugte er sie herab. Er wollte sie nicht wieder nach oben ziehen; er wollte sie einfach nur in seinen Armen halten und ihr in die Augen schauen. Er wollte sie auf der Stelle küssen. Noch nie zuvor hatte er beim Tanzen etwas Derartiges gespürt, das wusste er ohne jeden Zweifel. Er kam aus dem Rhythmus, weil er sie immer noch in dieser Position hielt, und er wusste, dass jeder der Zuschauer erkannte, dass er aus dem Takt gekommen war. Sie bewegte sich, also richtete er sich wieder auf, wobei er sie mit sich nahm. Da war wieder dieser Blick, doch diesmal wusste er, dass sich etwas verändert hatte und ihr das nicht gefiel.

* * *

Jasmine geriet aus dem Takt – metaphorisch. Als er sie herabbeugte, sein Arm unter ihrem Rücken und sein Blick in ihrem versenkt, da hämmerte ihr Herz im Rhythmus der Musik. Er zog sie wieder nach oben und sie setzten den langsamen Tanz fort, während ihr Herz immer noch völlig außer Rand und Band war. Sie hatte das Tanzen vermisst.

Sie hatte es aus ihrem Leben verbannt, als sie ihr Herz von all dem Schmerz abgekapselt hatte, der dadurch entstanden war, dass sie sich in ihren Tanzpartner verliebt hatte.

Das Tanzen war nicht nur ihre gemeinsame Leidenschaft gewesen, nein, als Paar hatten sie professionelle nationale Tanzwettbewerbe gewonnen.

Bis sie eines Tages herausgefunden hatte, dass er sie benutzt hatte, um zu gewinnen, und dass er nicht genauso mit dem Herzen involviert war wie sie.

Als der Tanz mit Caleb endete, entdeckte sie diesen Ausdruck in seinen Augen – diesen Ausdruck, der ihr sagte, dass ihm bewusst war, wie fantastisch ihre zwei Tänze gewesen waren.

Und er wusste, dass irgendetwas nicht stimmte. Das Lied endete und um sie herum brandeten Jubel und begeistertes Klatschen auf und alle wollten, dass sie noch einmal tanzten. Sie schüttelte den Kopf und brachte es fertig, zu lächeln. Doch dann drehte sie sich um und ging, sie wusste nicht, was sie sonst hätte tun sollen. Gott sei Dank ließ Caleb ihre Finger los. Das Kribbeln, das seine Berührung verursacht hatte, hielt an und blieb bestehen, während sie durch die Menge schritt. Sie ging nicht zurück zum Getränketisch, sondern die Straße entlang zu ihrem Auto. Sie musste nach Hause.

Sie musste allein sein, ihren Kopf freibekommen und die Liebe zum Tanzen erneut in die Verbannung schicken.

Sie hätte das nicht zulassen dürfen. Sie hatte gewusst, dass es bereits gefährlich sein konnte, sich nur auf die Tanzfläche zu begeben. Sie hatte jedoch nicht vorhergesehen, dass sie derart gut mit Caleb tanzen würde, obwohl der zweifellos wusste, was er tat. Sie wusste nicht, ob ihm das klar war, aber wenn sie gemeinsam übten, hätten sie das Potential, Tanzwettbewerbe zu gewinnen.

Oh Gott, sie hatte einen kolossalen Fehler gemacht.

Es ist ja nicht nur das… flüsterte die Stimme in ihrem Kopf, als sie mit bestimmten Schritten die Straße entlangging, froh darüber, dass es hier bereits etwas dunkler war und sie von weniger Augen beobachtet wurde. Endlich erreichte sie ihr Auto und Erleichterung durchströmte sie. Caleb war nicht nur ein guter Tänzer; er war ein toller Kerl. Und auch wenn sie das nicht wollte – er gefiel ihr; er gefiel allen Frauen. Das wurde schon durch die Schlange deutlich, die bereitgestanden hatte, um mit ihm zu tanzen. Doch sie würde diesen Gedanken nicht weiterverfolgen – sie hatte auch geglaubt, Ray wäre ein guter Kerl, und oh, wie sehr hatte sie sich getäuscht.

Sie nestelte an ihrem Schlüsselbund herum und zog es aus ihrer Handtasche. Es war ihr gerade gelungen, den Autoschlüssel ins Schloss zu stecken, als sie hinter sich Schritte vernahm. Sie drehte sich um und da stand Caleb.

„Ich wollte nichts tun, das dich aufwühlt", sagte er sanft.

Sah sie so aufgewühlt aus? Sie wandte sich ab. „Es

liegt nicht an dir. Du hast nichts falsch gemacht. Und ich würde lügen, wenn ich behaupten würde, du wärst kein großartiger Tänzer."

„Ich? Du bist die großartige Tänzerin. Du hast keinen Schritt verpasst. Ich habe etwas anderes ausprobiert und du hast es sofort verstanden. Du wurdest zum Tanzen geboren."

Sie konnte ihn nicht ansehen und beschäftigte sich mit ihren Schlüsseln.

„Du hast gesehen, wie ich tanze", fuhr er fort. „Mit Anfängern und anderen, die ziemlich gut sind, aber du… du hast das gemacht, was ich auch immer tue – du hast dich an meine Fähigkeiten angepasst. Und ich hatte den Eindruck, dass du mich hättest alt aussehen lassen können, wenn du gewollt hättest." Er lachte.

Ihr Puls beschleunigte sich und sie verschränkte die Arme vor der Brust und starrte auf ihre Füße, dann gab sie den Kampf auf und blickte ihn an, verunsichert darüber, was sie tun sollte, als sie bemerkte, dass sie seine tiefolivfarbenen Augen fixierten.

Sie seufzte. „Früher habe ich es geliebt zu tanzen. Das hast du heute Abend herausgefunden. Ja, im Grunde genommen kann ich alles auf der Tanzfläche tun, aber ich möchte das nicht wieder machen. Und ich kann nicht – ich möchte dir nicht sagen, warum, aber ich habe meine Gründe."

Er trat einen Schritt auf sie zu, blieb dann aber stehen. Er war noch etwa vier Schritte von ihr entfernt; sie verstand, dass er ihr Raum ließ.

War sie so? War sie eine verängstigte Frau, die Raum brauchte?

Ihr Magen drehte sich bei diesem Gedanken um. „Caleb, du tanzt wunderbar. Du bist so talentiert und es macht jeden glücklich, zu sehen wie viel Spaß du hast. Kein Wunder, dass sie dir kürzlich den Spitznamen „Happy Dancin' Cowboy" gegeben haben..." Sie kicherte. „denn es stimmt, du bist tatsächlich ein tanzender Cowboy und sehr *glücklich* dabei. Du hast mich überzeugt, es noch einmal auszuprobieren und auf einer Tanzfläche war ich schon nicht mehr seit... – na ja, egal. Ich hatte wirklich Spaß, also vielen Dank... Aber, ähm, erwarte nicht, dass sich das wiederholt, okay?"

Er stemmte beide Hände in die Hüften. Er war ein schlanker, breitschultriger und muskulöser Kerl. Er war großartig, ob sie das nun zugeben wollte oder nicht. Es ließ sich nicht leugnen. „Ich muss los."

„Aber der Tanz hat gerade erst begonnen und normalerweise bist du doch gern dabei."

„Ich muss wirklich los also geh zurück und hab Spaß. Tanz wie immer mit allen Frauen und gib ihnen das Gefühl, dass dies hier die beste Tanzveranstaltung ist, die es gibt. Bring sie dazu, zurückzukommen. Die Hälfte von ihnen kommt wieder her, weil sie mit dir tanzen möchte. Ich möchte das nicht vermasseln. Es ist gut für die Stadt."

Seine Augen verdunkelten sich, doch seine Lippen verzogen sich ein wenig. „Ich tanze, weil es mir Spaß macht."

„Du hilfst der Stadt wirklich. Die Hälfte dieser Mädchen kommt zurück, auch wenn sie sonst wo im Staat wohnen. Sie wollen mit *dir* tanzen – du bist gut, wirklich gut und nett noch dazu. Und… viele von ihnen sehen es wahrscheinlich als Herausforderung, dass du scheinbar nie eine von ihnen mit nach Hause nimmst."

Warum hatte sie das gesagt? Was hatte sie getrieben, diesen Weg zu beschreiten?

Sein Gesichtsausdruck veränderte sich… er wurde nicht wütend, sondern sie sah etwas anderes, als ihm klar wurde, dass sie ihn beobachtete. „Tue ich nicht. Ich komme nur zum Tanzen her, das ist alles. Ich habe noch *nie* eine mit nach Hause genommen."

Warum erzählte er ihr das?

Weil du damit angefangen hast!

Sie waren nicht mal Freunde, kannten einander kaum – sie sprach selten mit ihm und er wusste das, warum hatte sie dann darüber gesprochen? Das war seine Angelegenheit und nicht ihre.

„Gute Nacht", zwang sie heraus. „Und danke für die beiden Tänze. Sie waren wunderbar." Dann ließ sie sich ohne zu zögern in ihr Auto sinken und schloss die Tür.

Wie üblich ließ er sie in Ruhe. Er war ein Mann, der einen zum Tanzen aufforderte; sagte man Nein, dann ging er fort und fragte die Nächste. Offensichtlich hielt er es in anderen Situationen ebenso. So wie jetzt, sie fuhr davon und er bat sie nicht zu bleiben.

KAPITEL VIER

„Du tanzt nicht. Was ist los?", wollte Hunter wissen, nachdem er zu Caleb gekommen war. Gemeinsam standen sie ein wenig abseits der Menge.

Caleb blickte seinen Cousin unglücklich an. Er war in der Nähe der Stelle, an der er mit Jasmine gesprochen hatte, am Straßenrand stehengeblieben. Nachdem sie vor seinen Augen davongefahren war, hatte er sich auf den Weg zurück zum Tanz gemacht, war aber nicht bis dorthin gekommen. Stattdessen hatte er an einer Barrikade für Fahrzeuge innegehalten, die sie stets für Veranstaltungen dieser Art nutzten. „Ich bin irgendwie nicht in Stimmung."

„Ich muss sagen, wir dachten alle, Jasmine kann vielleicht gar nicht tanzen, weil wir sie noch nie dabei beobachtet hatten, aber meine Güte, haben wir uns getäuscht! Sie hat es echt drauf."

„Sie kann wirklich tanzen – wahrscheinlich ist sie

die beste Tänzerin, mit der ich je zu tun hatte. Es war fantastisch. Sie hat keinen Schritt verfehlt. Sie wusste sogar – nun, sie wusste genau, was sie tut."

„Du hast endlich jemanden gefunden, der dir ebenbürtig ist. Warum siehst du dann so niedergeschlagen aus? Vorhin schienst du mehr Spaß zu haben als jemals zuvor beim Tanzen. So beschwingt habe ich dich dabei noch nie gesehen."

„Du hast recht. Ich habe mich hervorragend amüsiert. Ich könnte für immer mit ihr tanzen. Ich meine…" Er hielt inne. „Ich habe es nicht so gemeint, wie es sich anhört haben muss. Sie wäre eine großartige Tanzpartnerin, aber scheinbar ist sie diesbezüglich anderer Meinung. Du weißt, was ich meine… sie scheint nicht an einem Partner interessiert zu sein."

„Das hat jeder gedacht, aber dir ist etwas gelungen, was bisher niemand geschafft hat. Du weißt, wie viele Männer sie zum Tanzen aufgefordert haben, und sie hat jeden abgelehnt. Doch diesmal hat sie mit dir getanzt – wir wissen nicht einmal, warum sie nicht gerne tanzt. Wir dachten alle, sie kann nicht tanzen, doch offensichtlich lagen wir damit falsch."

„Hunter, ich bin ihr zu ihrem Auto gefolgt und irgendetwas hat nicht gestimmt. Das habe ich gespürt. Sie hat mir versichert, dass sie eine tolle Zeit hatte und es genossen hat, auf der Tanzfläche zu sein, mir aber auch gesagt, dass sie das nicht noch einmal tun wird. Was kann es damit auf sich haben? Was bringt jemanden, der eine Sache liebt, sie genießt und gut darin ist, dazu es nie wieder tun zu wollen?"

Hunter blickte zu Boden und hob dann seinen Blick um wieder Caleb anzusehen. „Wer weiß. Ich tanze auch nicht mehr viel, doch früher habe ich es geliebt. Wie du weißt, war meine Mom eine großartige Tänzerin, und ich meine das ernst, Caleb – du bist genauso gut wie sie. Und ich war überwältigt von Jasmine. Wow, wenn Mom und Dad noch am Leben wären, wären sie neben euch gewesen und hätten richtig Gas gegeben." Er lächelte, seine Augen leuchteten. „Und ich hätte voller Ehrfurcht zugesehen. Ja, meine unglaubliche Mutter hat mir alles beigebracht, was ich über das Tanzen weiß. Es war eine unserer Lieblingsbeschäftigungen, als ich noch klein war – bevor Ace und ich sie bei diesem Flugzeugabsturz verloren. Jetzt kann ich es nicht mehr auf dieselbe Art und Weise genießen. Ich habe es ein paar Mal versucht, aber irgendetwas fehlt. Ace ging es genauso, doch dann kam Kelsey und nun machen sie gemeinsam die Tanzfläche unsicher."

„Das tut mir wirklich leid. Vielleicht findest du wieder ins Tanzen, wenn die richtige Frau auftaucht, so wie Ace."

„Vielleicht. Wie auch immer, genug von mir. Ich

wollte dir nur zeigen, dass manchmal etwas geschieht, das dich Abstand von den Dingen nehmen lässt, die du liebst. Ich komme nach wie vor gern zu den Tänzen. Ich denke jedes Mal an meine Mutter, anstatt an das Mädchen, das ich in den Armen halte; ich denke an die Mutter, die ich geliebt und verloren habe, die Mutter, die mir das Tanzen beigebracht hat. Nicht gerade das, was ich denken sollte… Vielleicht ist in Jasmines Leben etwas geschehen, das sie von der Tanzfläche fernhält. Aber sie ist mit dir auf die Tanzfläche gegangen. Sie hat zwei Tänze mit dir getanzt, vielleicht bedeutet das ja etwas."

Caleb hatte großes Mitleid mit seinem jüngeren Cousin; er und sein Bruder hatten so viel durchgemacht, sie hatten ihre Eltern verloren, und er wusste, dass dieser Verlust eine Leere in ihnen hinterlassen hatte. Außerdem wurde ihm klar, dass Hunter möglicherweise ins Schwarze getroffen hatte. „Ich werde darüber nachdenken, denn vielleicht hast du recht. Etwas hält sie von der Tanzfläche fern. Es geht mich nichts an und ich sollte mich da raushalten, so wie sie es gesagt hat. Ich werde es trotzdem versuchen, aber ich kann nichts versprechen. Aber ich würde gern sehen, ob ich ihr helfen kann."

„Das kannst du, denke ich. Ihr habt so gut miteinander harmoniert und du hast noch nie so glücklich auf der Tanzfläche ausgesehen, wie mit ihr und dass, obwohl du so viel tanzt. Ich weiß, dass es dir Spaß macht, den Frauen das Tanzen beizubringen. Ich sehe das. Meine Mom hat es mir beigebracht, es war großartig, erst habe ich fast gar nichts gekonnt und dann immer mehr – du tust das Gleiche. Du forderst sowohl die auf, die nicht so gut tanzen können als auch die, die schon sehr gut sind, und mit allen tanzt du wunderbar. Aber heute Abend…" Er grinste, was Caleb ein gutes Gefühl gab – sein Cousin lächelte immer noch, trotz des Gesprächs, das sie geführt hatten und wie schwer es stellenweise für Hunter gewesen sein mochte. „Heute Abend hast du dich plötzlich einer Herausforderung gegenübergesehen und du möchtest weiter mit ihr tanzen und nicht mit einer anderem. Deswegen tanzt du nicht, oder?"

Bingo. „Mensch, Hunter, du bist ziemlich scharfsinnig! Ich stecke in einem tiefen Loch."

Hunters Lächeln wurde breiter. „Nun, wir werden jetzt die traurigen Dinge hinter uns lassen und uns Fröhlicherem zuwenden. Schau einfach, wie du ihr helfen kannst, denn wenn du das nicht tust, wird das immer in deinem Hinterkopf bleiben. Kümmere dich darum." Hunter legte eine Hand auf seine Schulter und drückte sie kurz, dann ging er weg.

Caleb stand da und sah ihm nach, wohl wissend,

dass sein Cousin den Nagel auf den Kopf getroffen hatte. Caleb würde nicht lockerlassen. Er musste nur herausfinden, wie er das anstellen konnte, ohne die hübsche Jasmine in die Flucht zu schlagen.

* * *

Am Sonntagmorgen wachte Jasmine früh auf, sie hatte kaum geschlafen. Das passierte von Zeit zu Zeit und irritierte sie, doch auf der anderen Seite war sie froh, dass sie außer Schlafproblemen keine gesundheitlichen Einschränkungen hatte. Sie kochte Kaffee und ging nach draußen zu ihrem Sitzbereich, um die aufgehende Sonne zu beobachten. Sie liebte diesen Bereich ihrer Hütte, der derart angelegt war, dass man von ihm aus die Sonne sowohl auf- als auch untergehen sehen konnte. Sie setzte sich auf den roten Eisenstuhl mit den geblümten Kissen, die sie ergänzt hatte, und trank einen Schluck von ihrem schwarzen Kaffee.

Der Sonnenaufgang schuf eine Kombination aus sanften Blautönen, die mit leichten rosafarbenen Tönen verschmolzen und dann zu leuchten begannen. Daraufhin erschien eine goldene Linie und stieg höher; Jasmine nippte an ihrem Kaffee und genoss das vor ihren Augen stattfindende Schauspiel. Langsam ging eine leuchtend orangefarbene Sonne auf. Es war unbeschreiblich schön, wie sich ihr Schein über der Weide ausbreitete. Einer Weide, die sie noch nicht erkundet hatte. Bevor sie zu einem Menschen geworden war, der gern allein war, hatte sie Freude daran gefunden, von Zeit zu Zeit ein wenig zu wandern. Vielleicht würde sie das tun. Schließlich war es nur eine Weide, die auf der anderen Seite von Bäumen gesäumt war. Sie könnte endlich mal wieder Wandern gehen; vielleicht würde ihr das helfen, sie von ihren Gedanken an Caleb abzulenken.

Deshalb hatte sie nicht geschlafen. So einfach war das. Sie konnte nicht bestreiten, dass es ihr am vergangenen Abend großen Spaß gemacht hatte, mit ihm zu tanzen. Das bedeutete aber nicht, dass sie das wiederholen würde. Seit der Misere mit ihrem Tanzpartner war sie in keiner Beziehung mehr gewesen. Was für ein schreckliches Desaster das gewesen war. Sie hatte über das Tanzen und ihre katastrophale Beziehung nachgedacht. Mit einem Mal waren die Gedanken ans Tanzen verwirrend, denn nun schlossen sie den attraktiven Caleb mit ein.

Sie seufzte und trank einen Schluck heißen Kaffee, der ihr in der Kehle brannte und ihr Gehirn aufweckte.

Sie hatte mit dem Tanzen aufgehört, weil ihr Tanzpartner, mit dem sie verlobt gewesen war und den sie zu lieben geglaubt hatte, äußerst niederträchtig gewesen war. Sie war völlig in dieser Liebe aufgegangen, die eine einzige Täuschung gewesen war. Nachdem sie die Meisterschaft gewonnen hatten und er seine Medaille in den Händen hielt, hatte er sie verlassen und war mit seiner wahren Liebe davongezogen.

Seitdem hatte sie nicht mehr getanzt. Nun hatte sie mit Caleb getanzt und es hatte ihr überaus gefallen. Wenn sie ehrlich war, würde sie gern noch viel mehr mit ihm tanzen. Es hatte Spaß gemacht, sie hatte sich bewegt und es hatte sich positiv auf ihre Stimmung ausgewirkt. Doch so wundervoll es auch gewesen sein mochte, sie hatte immer noch nicht verwunden, dass ihr Tanzpartner ihre Liebe fürs Tanzen ausgenutzt hatte, um sie zu täuschen.

Sie stand auf, trug die leere Kaffeetasse ins Haus und stellte sie auf die Theke. Sie war darüber hinweg. Sie musste endlich damit beginnen, ihr Leben zu leben, doch das Tanzen bereitete ihr keine Freude mehr, sie war… *Lügnerin.* Okay, ja, das Tanzen mit Caleb hatte ihr zum ersten Mal seit langer Zeit echte Freude bereitet. Aber das würde es nicht wieder tun. Sie hatte nicht vor, ihr Leben noch einmal derartig durcheinander zu bringen.

Sie ging ins Schlafzimmer, öffnete eine Schublade und holte ein Paar Jeansshorts heraus. Sie zog sie an und kombinierte sie mit einem roten T-Shirt. Dann ging sie mit ihren Tennisschuhen ins Wohnzimmer, setzte sich auf die Couch und schlüpfte in ihre Schuhe. Ihr Blick fiel auf ein Foto der Niagarafälle, und sie dachte daran, wie tief sie schon einmal gefallen war und dass ihr das nicht noch einmal passieren würde.

Es war Zeit zum Wandern. Sie wollte raus, Spaß haben, sich bewegen und nicht an letzte Nacht denken. Sie würde nicht wieder damit beginnen, die Bewegung, die sie brauchte, dadurch zu bekommen, dass sie sich bei Tanzwettbewerben sportlich betätigte. Sie hatte es geliebt und es hatte ihr Leben ruiniert – doch sie würde ab nun nach vorn blicken. Sie schnappte sich eine Flasche Wasser und ihr Handy; dann trat sie durch die Tür und öffnete anschließend das Tor, das von ihrem Bereich auf die große Weide führte. Das war gut.

Vorsichtig ging sie durch das hohe Gras und Unkraut in Richtung Wald und entdeckte eine Fahrspur, die von Trucks stammte. Sie genoss den Spaziergang. Schon immer hatte es ihr Spaß gemacht, draußen zu sein. Irgendwann erreichte sie die Bäume und schritt unter der ersten großen Eiche hindurch. Zu ihrer Freude vernahm sie das Plätschern eines Baches. Es war nur ein leises Geräusch, doch es lockte sie, daher folgte sie weiter dem Pfad, der wahrscheinlich von den Rindern stammte, die manchmal auf die Weide gebracht wurden.

Seit sie in der Hütte lebte, hatten mehrmals Rinder auf dieser Weide gegrast, weshalb der Bewuchs nicht sonderlich hoch war. Die Cowboys waren ein paar Mal auf ihren Pferden vorbeigekommen, als sie die Tiere bewegt hatten. Unter ihnen war auch Caleb gewesen. Dies war zweimal an einem Sonntagnachmittag geschehen und sie war zu Hause gewesen und hatte gesehen, wie sie ihre Arbeit taten. Nun schritt sie den Pfad entlang und folgte ihm hinunter zu einem kleinen Bach.

Er war wunderschön, wie er sich durch den felsigen Abschnitt schlängelte und das leise Geräusch des Wassers beruhigte sie. Sie entdeckte einen großen flachen Stein und setzte sich darauf, glücklich darüber, dass sie nun wusste, dass es ihn gab. Friede erfüllte sie, als sie dem leisen Gurgeln des Wassers und dem Gesang der Vögel lauschte. Vielleicht konnte sie hier etwas Ruhe finden und wenn sie noch weitergehen wollte, würde sie das tun. Doch für den Moment war es perfekt.

Etwa eine Stunde verging, in der sie über ihr Leben, ihre Fehler und das starke Bedürfnis nachdachte, nach vorn zu blicken. Es war eine Tatsache: wenn sie sich ihrem Schmerz nicht stellte, würde sie immer ein solches Leben führen: immer allein sein. Sich hinter ihrem Fehler verstecken.

Ein Geräusch erregte ihre Aufmerksamkeit und sie

blickte über den Bach. Dort stand ein Ziegenbock auf einem Hügel auf einem umgestürzten Baum.

Ein *großer* Ziegenbock. Er hatte einen langen, haarigen Bart und dicke Hörner, die er zur Seite legte, während er dastand und sie ansah, als wäre er ein Sergeant, der drauf und dran war, seiner Armee Befehle zu erteilen.

Dann stieß er ein barsches, lautes MÄÄH-MÄÄH aus!

Sie zuckte zusammen – das Geräusch war so durchdringend und beängstigend – unerbittlich… fordernd.

Sie war sich nicht sicher, wie sie es nennen sollte.

Zitternd und mit zu Berge stehenden Haaren starrte sie reglos die Ziege an…

Bis diese zu ihrem Erschrecken plötzlich den Hügel hinabzustürmen begann und direkt auf sie zu gerannt kam.

KAPITEL FÜNF

Mit klopfendem Herzen sah Jasmine mit an, wie der Ziegenbock am Ufer des Baches zum Stehen kam. Sie richtete sich etwas auf, damit sie aufspringen konnte, wenn er über den Bach gestürmt kam. Aber nein, er tänzelte – *tänzelte* auf der ihr gegenüberliegenden Seite am Bach entlang. Dann hob er den Kopf und stieß erneut dieses laute Geräusch aus, bevor er dorthin zurückrannte, wo er noch vor wenigen Augenblicken gestanden hatte.

Schwer atmend starrte sie überrascht und erschrocken zu ihm hinüber, als er außer Sichtweite verschwand – nur um sofort zurückzukommen und sie auf eine Art und Weise anzustarren, als würde sie seine Botschaft nicht verstehen.

Erneut stürmte der Bock den Abhang hinab und brüllte, als stünde die Welt in Flammen, als er zum Stehen kam. Er riss den Kopf hoch und starrte sie mit grimmigen, bittenden Augen an.

Beinahe hätte sie nach Luft geschnappt. Sie befand sich immer noch in dieser merkwürdigen, halb stehenden, halb sitzenden Position. Was stimmte nicht mit diesem Kerl? Denn ja, das, was da Randale machte, war eindeutig ein Ziegenbock. Als er wieder hinauf und dann ein drittes Mals zur ihr herabrannte, verstand sie endlich – er bat sie um Hilfe.

Hilf mir.

Ja! Er rief nach ihr und wollte ihr etwas zeigen, dass sich weiter oben auf dem Hügel befand. Zumindest hätte sie das gedacht, wenn er ein Mensch gewesen wäre.

Diese Ziege, dieser große, alt aussehende Kerl, war äußerst hartnäckig. Jasmine sprang in eine stehende Position, woraufhin er noch lauter brüllte. Sie zögerte nicht länger und lief durch den seichten Bach, ohne überhaupt in Betracht zu ziehen, über Steine zu laufen. Als Jasmine auf der anderen Seite angekommen war, stürmte die Ziege den Hügel hinauf und sie folgte ihr. Als sie oben war, warf sie ihr einen Blick über die Schulter hinweg zu, dann wirbelte sie herum und stieß ein aufgeregtes Brüllen aus, bevor sie sich wieder in Bewegung setzte und außer Sichtweite raste.

Schwer atmend erreichte Jasmine die Hügelkuppe und sah, wie der Bock durch das, zum Glück nur niedrige Gras sprang – aufgrund der Bäume erreichte hier weniger Sonnenlicht den Boden und das Gras wuchs weniger hoch. Sie folgte dem Tier noch ein Stück und stieß plötzlich auf Schlamm. Erst da fiel ihr auf, dass die Beine der Ziege bis zu den Knien mit Schlamm bedeckt waren. Sie beobachtete, wie das Tier ein Stück vor ihr im knietiefen Schlamm stehenblieb, bevor es erneut ein gewaltiges Brüllen ausstieß.

Es stand in einem großen, runden Schlammloch, das wie ein matschiger Teich aussah… Sie schnappte nach Luft, als sie etwa einen Meter von ihm entfernt einen… einen *Kopf* entdeckte.

Den Kopf eines Ponys – nein, eines Esels!

Von dem armen Kerl – oder Mädchen – schauten nur der Kopf und ein Teil der Schultern aus dem Schlamm. Das Geschöpf rührte sich nicht. Es bewegte sich nicht und gab auch kein Geräusch von sich, während es sie mit großen, feuchten, *flehenden* Augen anstarrte.

Ihr blieb das Herz stehen. Ihr Atem stockte.

Nach der Größe des Kopfes und der Schultern zu urteilen, die nicht viel größer als die der Ziege waren, wurde ihr klar, dass es sich entweder um einen Zwergesel oder ein Junges handeln musste. Das Tier war sicher nicht größer als etwa einen Meter und steckte ganz offensichtlich in Schwierigkeiten.

Die Ziege war auf halbem Weg zwischen ihr und

dem Esel stehen geblieben und stand nun knöchelhoch im schlammigen Wasser, das dort, wo sich der Esel befand, deutlich sandiger war. Der Ziegenbock stieß noch einmal ein donnerndes Gebrüll aus und forderte sie unmissverständlich auf, zu helfen.

Offenbar hatte er sich auf die Suche nach Unterstützung für seinen Freund gemacht und jetzt stand er da, blickte sie an und forderte sie auf, etwas zu unternehmen.

Was um alles in der Welt sollte sie tun? Das Tier herausziehen!

Der Esel stieß einen zaghaften Laut aus – er klang verängstigt; er verlagerte sein Gewicht und erstarrte dann. Seine dunklen Augen zogen sie in seinen Bann, sie watete durch das flache Wasser an der nun reglosen Ziege vorbei.

Was war nur los? Das war doch nur Schlamm.

Die Ziege stieß ein Geräusch aus, leiser nun, als wolle es sie auffordern: „Geh und hol meinen Freund."

Beim nächsten Schritt versanken ihre Füße im schlammigen Untergrund. Als sie den Esel erreichte, ging ihr der Sand bereits bis zu den Knien. Das kleine Tierchen beobachtete sie, seine dunkelbraunen Augen sahen sie flehend an und es stieß einen weiteren leisen Schrei aus.

Und dann wurde der Sand um ihre Knie herum mit

einem Mal fest; sie bewegte ihr Bein und spürte, wie sie tiefer in den Boden sank. Sie bewegte sich erneut und sank noch weiter ein; sie versuchte, ein Bein zu heben, doch es rührte sich nicht. Stattdessen sank es noch ein Stück. Ihr wurde klar, dass der Esel wusste, dass er immer weiter versank, sie musste ihn herausholen. Sie schlang ihre Arme um seinen Hals, doch als sie daran zog, versank sie noch mehr im Sand.

Was zum Teufel war das?

Sie erstarrte. *Gab es Treibsand in Texas?*

Glücklicherweise hatte sie nie zuvor in Treibsand festgesteckt. Doch das musste es sein und sie erkannte, dass der Esel wusste, dass er sich an einer Stelle befand, an der er dem Untergang geweiht war, wenn er sich bewegte. Und die Ziege, oh die Ziege, hatte das auch gewusst und versucht, ihrem Freund zu helfen, indem sie jemanden fand, der ihn herausziehen konnte.

Hatte sie recht? Ihre Gedanken rasten, als sie vorsichtig versuchte, einen Schritt zurückzutreten, um dem Esel dabei zu helfen, freizukommen, doch ihre Füße bewegten sich keinen Zentimeter, sie sanken lediglich noch ein wenig tiefer. Sie hielt inne, ihr Herz klopfte, als sie noch einmal versuchte, ihren Fuß herauszuziehen und wenigstens ein bisschen zu bewegen. Doch inzwischen steckte sie bis zu den Knien im Sand und bekam ihre Füße nicht mehr frei.

Verbissen zerrte sie an dem Esel, doch dieser quietschte, dieses Mal laut, und sein süßes Gesicht wurde ganz niedergeschlagen. Sie bemerkte, dass das Tier immer noch sank. Nein, sie würde es nicht herausbekommen. In diesem Moment verlor sie das Gleichgewicht, weil sie sich zu stark zurückgelehnt hatte, und mit einem Mal befand sie sich bis zur Hüfte im schlammigen Treibsand und spürte, wie dieser sich um ihre Taille legte.

Der arme Esel musterte sie, er wusste genau, wie sie sich fühlte.

Sie steckten in Schwierigkeiten.

Sie griff nach ihrem Telefon. Es befand sich in ihrer schlammigen Tasche, doch sie zog es heraus und durch den immer dichter werdenden Sand. Sie schüttelte ihn ab; der Sand drückte sich gegen ihren Körper, als sie durch ihre Bewegungen weiter hinabgezogen wurde. Ihre Beine fühlten sich an, als hätte sie sie in zu enge Leggings gequetscht. Als sie bemerkte, dass ihre Bewegungen sie rasch bis zu den Rippen hatten einsinken lassen, hielt sie inne. Offensichtlich hatte das auch der Esel herausgefunden. Erneut spürte sie eine Veränderung ihrer Lage, diesmal nicht, weil sie sich bewegt hatte, sondern weil dies eindeutig Treibsand war und dieser alles verschlang, wenn er nur lange genug Zeit hatte.

Die alte Ziege stieß ein leises Mäh aus und sie blickte das Tier an. Es kam ihr vor, als drängte er sie dazu, sich zu beruhigen. Sie sollte nachdenken und nicht darüber sinnieren, wie lächerlich es klang, in Texas in Treibsand zu versinken. Denn Treibsand war es definitiv. Sie erinnerte sich, vor einiger Zeit gelesen zu haben, dass dieser entstehen konnte, wenn bestimmte Faktoren zusammenkamen. In dem Artikel war es um einen Teenager gegangen, der sich auf der Jagd befunden hatte und dann an einer Stelle im Schlamm steckengeblieben war, an der sich ein unterirdischer Strom befunden hatte. Dadurch war der Jugendliche eingesunken und als sie nun die Ziege ansah, wusste sie, dass es schlecht um sie stand.

„Lauf nach Hause und hol Hilfe", rief sie. Sie wusste nicht, ob die Ziege ihnen helfen konnte. Sie befand sich auf der Rückseite der Buckley Ranch; Genna hatte früher hier gelebt, bevor sie West geheiratet hatte, und wenn sich gerade kein Vieh auf der Weide befand, kam nur selten jemand hier vorbei.

Sie wusste, dass die beiden erstaunliche Ziegen besaßen, eine von ihnen war ein alter, störrischer Kerl, der auf der Ranch Wache hielt. Plötzlich wusste sie, wen sie da vor sich hatte.

Das *musste* Sergeant Two Toes sein, die sturste Ziege weit und breit mit einem starken

Beschützerinstinkt.

„Sergeant Two Toes", sagte sie sanft; augenblicklich schoss sein Kopf in die Höhe, und er stieß einen Schrei aus. Ihr Herz jauchzte, Halleluja! „Sergeant Two Toes, ich habe es versucht, aber du musst noch mehr Hilfe holen."

Trotz ihrer ruhigen Worte spürte sie, wie sie langsam in Panik geriet, weil sie immer weiter im Untergrund versank – Gott sei Dank jedoch nur langsam, wenn sie sich nicht bewegte. Es war nicht das Einsinken, das ihr Angst machte, sondern die zunehmende Enge um ihren Körper. West war Gennas Ehemann. Er war derjenige der Buckley-Brüder, der Ziegen liebte und sich im Andenken an ihre Großmutter um sie kümmerte. Die Ziege kannte ihn. Und sie musste seinen Namen kennen, auch wenn sie ein ganzes Stück von ihrem Zuhause entfernt war.

„Hol West", bat sie sie.

Die Ziege starrte sie an, doch dann hob sie den Kopf und ihre grauen Schnurrhaare flatterten, als sie sich im seichten Wasser drehte, wo sie schlauerweise stehengeblieben war – und dann rannte sie auf die Bäume zu.

Sie konnte nicht wissen, was geschehen würde, ob die Ziege zur Ranch laufen würde oder vielleicht zufällig auf jemand anderen stieß, so wie sie auf sie gestoßen war.

Sie wusste es nicht und versuchte erneut, ihre Beine zu bewegen. Sie spürte, wie sie noch ein Stück einsank und ließ es bleiben; das hatte der kleine Esel auch schon herausgefunden. Je mehr man sich bewegte, desto tiefer sank man. In diesem Moment wurde ihr klar, dass sie in Schwierigkeiten steckten – in großen Schwierigkeiten.

In dem Artikel, den sie gelesen hatte, war es dem jungen Mann, der bei der Jagd in eine ähnliche Lage geraten war, gelungen, jemanden anzurufen, und nun starrte sie auf ihr schmutziges Telefon und tippte darauf, um einen Anruf zu tätigen. Doch das Telefon war tot.

Wenn sie keine Hilfe bekamen – der Esel war noch tiefer gesunken, der Sand reichte ihm nun fast bis an die Lippen – dann wären sie das auch. Der Druck des Sandes und die Taubheit in ihren Beinen drängten ihr noch einen anderen Gedanken auf: sie konnten ersticken. Vielleicht würde es so zu Ende gehen.

* * *

Caleb plagten die Geschehnisse des vergangenen Abends, der Tanz und die Art und Weise, wie Jasmine gegangen war. Er hatte die ganze Nacht darüber nachgedacht und schließlich beschlossen, dass er sie an diesem Morgen aufsuchen würde. Er wollte

73

sichergehen, dass sie wusste, dass er keine Hintergedanken gehabt hatte, als er sie gebeten hatte, mit ihm zu tanzen. Es war nur ein Tanz. Doch offensichtlich bedeutete es für sie mehr als für ihn. Irgendetwas war in ihrem Leben geschehen, da war er sich ziemlich sicher. Er spürte, dass das Tanzen selbst sie an etwas Negatives erinnerte.

Sie hatte die Hütte gemietet, in der schon seine Schwägerin Genna gelebt hatte, als sie neu in die Stadt gekommen war. Sie befand sich auf ihrem Ranchgelände, immer die Straße entlang, ein benachbartes Grundstück befand sich direkt nebenan. Es war ein hübsches Stück Land, die Hütte stand dort bereits seit Ewigkeiten. Er war schon eine Weile nicht mehr dort gewesen – auf der Weide, aber nicht in der Hütte. Als er näherkam, fiel ihm der Sitzbereich vor dem Haus mit den hübschen farbenfrohen Stühlen ins Auge. Sie standen so, dass nichts den Ausblick auf Sonnenaufgänge und Sonnenuntergänge versperrte. Er fragte sich, wie es wohl wäre, hier mit Jasmine zu sitzen und den Sonnenuntergang zu betrachten.

Kein Gedanke, den er weiterverfolgen sollte. Er bog in ihre Einfahrt ab und parkte. Als er aus seinem Truck stieg, erregte eine Bewegung auf der Weide seine Aufmerksamkeit. Er starrte hinüber. In der Ferne entdeckte er eine Ziege, die zwischen den Bäumen hervorgerannt kam und auf ihn zuraste. Es war der alte Sergeant Two Toes – Ziegen hatten zwar Hufe, doch nannte man diese auch Zehen – und diese Ziege schien immer das Kommando zu haben. Allerdings war es ungewöhnlich, dass Sergeant Two Toes über eine Weide stürmte.

Was war los? Normalerweise fand der alte Ziegenbock Vergnügen daran, den anderen Ziegen im Hof seines Bruders, wo früher ihre Großeltern gelebt hatten, beim Spielen zuzusehen. Normalerweise stand die Ziege auf der Weide ihrer Wahl und beobachtete irgendetwas; dass sie über eine Weide rannte, als nähme sie an einem Rennen teil, war mehr als ungewöhnlich.

Caleb warf der näherkommenden Ziege einen Blick zu und ging dann die Treppe hinauf und klopfte an die Tür. Als er keine Antwort bekam, klopfte er erneut, und als er wieder zu der Ziege sah, stieß das alte Tier eine Art Schrei aus. Normalerweise taten Ziegen so etwas nicht, aber das Geräusch, das Sergeant Two Toes ausstieß, als er den Zaun erreichte, klang genau wie ein Schrei. Anstatt anzuhalten, machte die betagte Ziege einen kraftvollen Satz und sprang über den Zaun. In ihrem Alter – wow, Ziegen waren großartig. Sergeant Two Toes landete und stieß erneut dieses durchdringende Geräusch aus, als seine Hufe den Boden berührten und er schlitternd vor Caleb zum Stehen kam.

„Was in aller Welt ist los, Sergeant?" Irgendwas musste geschehen sein, dachte er, als die Ziege den Kopf nach hinten warf, einen weiteren Ruf ausstieß und dann zurück zum Zaun rannte.

Was? Das war höchst ungewöhnlich.

Ungeduldig warf sich Sergeant wieder herum und starrte Caleb an. Dann trabte die Ziege zu ihm und schnappte in Richtung seines Hemdärmels, anschließend machte sie kehrt, rannte wieder zum Zaun und sprang hinüber und als sie auf der anderen Seite gelandet war, warf sie ihm über die Schulter einen Blick zu. Diesmal war ihr Schrei so laut, dass Caleb klarwurde, dass definitiv etwas nicht stimmte.

Caleb zögerte nicht länger, er eilte auf den Zaun zu, schloss das Tor auf und stieß es auf; dann joggte er zurück zu seinem Truck und kletterte hinein. Die Bäume, zwischen denen er Sergeant Two Toes hatte hervorkommen sehen, befanden sich recht weit entfernt auf der Weide, weshalb er den Wagen nahm. Das war nicht das normale Verhalten einer Ziege. Irgendetwas stimmte definitiv nicht, denn in dem Moment, als er das Tor öffnete, stürmte der alte Ziegenbock auf die Bäume zu, ohne sich noch einmal umzusehen, und Caleb drückte das Gaspedal durch.

KAPITEL SECHS

Mit klopfendem Herzen folgte Caleb der Ziege. Er erreichte die Bäume, zwischen denen das Tier bereits verschwunden war. Er sprang aus dem Truck, rannte auf die Bäume zu und entdeckte Sergeant, der am Ende des Weges auf ihn wartete. Also joggte er den Pfad entlang, während Sergeant am Bach wartete; dann sprang das Tier hinüber und erklomm den Hügel auf der anderen Seite. Meist stand die Ziege vergnügt auf irgendeiner Anhöhe herum; dieses Verhalten sah ihr gar nicht ähnlich, deshalb rannte Caleb hinter ihr bergan. Er erreichte den höchsten Punkt der Anhöhe und sah Sergeant Two Toes etwas entfernt am Ufer eines schlammigen Teichs stehen – und hinter ihm eine Frau. *Jasmine!*

Alles, was von ihr noch aus dem Schlamm schaute, waren ihr Kopf und ihre Schultern. Neben ihr entdeckte er den Kopf eines Esels, den sie hochhielt, damit er atmen konnte. Sie versanken in diesem Sandloch, in dem sich offensichtlich Treibsand gebildet hatte.

„Hilfe", rief sie.

Er hatte kein Seil dabei; er war nicht auf eine solche Situation vorbereitet. „In Treibsand soll man sich nicht bewegen. Rühr dich nicht. Ich hole dich, halte durch."

„Danke, das habe ich inzwischen auch herausgefunden. Der kleine Kerl hier, der als Erster feststeckte, ist aber noch vor mir daraufgekommen. Ich bewege mich besser nicht. Das hat mir der süße kleine Esel gezeigt, als ich zu ihm kam. Er rührte sich nicht. Gott sei Dank hat mich dieser schlaue Ziegenbock verstanden; ich hatte ihn gebeten, Hilfe zu holen."

„Ja, der alte Sergeant Two Toes ist ein erstaunlicher Kerl." Caleb suchte die Gegend mit den Augen ab und fand endlich, wonach er Ausschau gehalten hatte. „Halte durch". Er joggte zu einem der Bäume, streckte den Arm aus und packte einen halb abgebrochenen Ast. Er drehte ihn ein paar Mal hin und her, bis er abbrach, dann trug er ihn zum Treibsand zurück. Zum Glück war der Ast lang genug und recht verästelt – viele kleinere Zweige gingen von ihm ab. „Ich werde den Ast in deine Richtung legen und du musst versuchen, zwischen die Blätter zu gelangen, indem du dich nach vorn oder hinten lehnst. Falls es dir dabei gelingt, den Esel nicht loszulassen, umso besser. So sehr es mir auch widerstrebt, das zu sagen: Wenn dir das nicht gelingt, dann komm du zuerst raus und ich hole anschließend den Esel."

Er hielt den Ast an einem Ende fest und richtete ihn vorsichtig aus; als er den Treibsand berührte, schob er ihn zu ihr. Klug wie sie war, schob sie die kleineren Zweige ein Stück beiseite, um möglichst nah an dem dickeren Hauptteil des Astes zu sein. Sie schlang einen Arm um ihn und sah dann Caleb an.

„Ich hab ihn, aber meine Beine… ich kann sie nicht bewegen. Sie stecken fest und werden zusammengedrückt."

„Halt dich an dem Ast fest. Ich habe das noch nie gemacht, aber bevor ich zu dir komme, und dich dann vielleicht nicht freibekomme, versuchen wir es lieber erstmal so. Ich habe mal einen Artikel darüber gelesen, in dem stand, dass es besser ist, wenn wir nicht beide dort festsitzen. Stütz dich auf den Ast, sodass er dir Halt gibt und versuch langsam, ein Bein freizubekommen. Beweg es vorsichtig hin und her. Ich hole noch ein paar weitere Äste. Bin gleich zurück." Er wirbelte herum und ging wieder auf die Bäume zu.

Er brauchte Verstärkung. Er zog sein Telefon aus der Tasche und startete einen Gruppenanruf mit seinen Brüdern.

Ryder ging gleich beim ersten Klingeln dran. „Hey,

was ist los? Warum der Gruppenanruf – stimmt etwas nicht?"

Der Gruppenanruf war ihr Signal dafür, dass es einer Kuh schlecht ging und umgehend Hilfe benötigt wurde. „Ja, ich bin am entfernten Ende der Ranch, hinter der Hütte, in der Jasmine lebt. Komm schnell, das Tor im Zaun steht offen. Fahr dorthin, wo mein Truck steht, überquer den Bach und steig den Hügel hinauf – dann siehst du mich. Sie steckt in Treibsand fest. Ryder, ich versuche, sie da rauszuholen, aber ich brauche Hilfe. Bring eine der Ausziehleitern mit und komm mit einem Geländewagen, den brauchst du, um zu uns zu gelangen. Seile. Belastbare, lange Seile und ähm, Wasser. Sie werden frisches Wasser brauchen, Jasmine, Daisy Duke und wahrscheinlich auch der Sergeant. Wenn dir sonst noch etwas einfällt, bring das auch mit. Ich werde versuchen zu verhindern, dass sie noch weiter einsinkt, und im besten Fall habe ich sie draußen, bevor ihr hier seid, aber sie steckt bis zu den Schultern fest. Sie hat versucht, den neuen kleinen Esel zu retten. Gott sei Dank hat Sergeant Two Toes mich alarmiert, als ich herkam, um mit ihr zu sprechen."

„Verstanden. Halte durch. Wir sind auf dem Weg. Ich sage den anderen Bescheid."

„Danke. Beeil dich." Er legte auf und steckte das Telefon in die obere Tasche seines Hemdes – nicht in die Hose, nur für den Fall, dass er es so nah wie möglich bei sich brauchte. Er entschied sich für einen dickeren Baumstamm, und rollte ihn in ihre Richtung. Er war schwer, aber rund und lang genug, um hilfreich zu sein, wenn es ihm gelang, ihn bis an den Rand des Teichs zu bugsieren.

Sie sagte nichts; sie beobachtete ihn lediglich, während sie sich an dem Ast festhielt, sich daran abstützte und konzentriert versuchte, eines ihrer Beine freizubekommen. Trotzdem sie sich an dem Ast festhielt und nach vorne lehnte, hielt sie mit der anderen Hand immer noch den Kopf des Esels über den Sand.

Er nahm sich Zeit, den Stamm langsam an Ort und Stelle zu bringen und beobachtete dabei genau, wie weit er ihn rollen konnte, ohne dass er zu sinken begann. Dabei half ihm Sergeant Two Toes; der stand an einer Stelle, an der ihm das sandige Wasser nur bis zur Hälfte seiner Beine reichte. Gut zu wissen. Er brachte den Baumstamm dorthin, wo die Ziege stand; der obere Teil war immer noch zu sehen. Caleb stützte sich darauf und spürte, wie sicher der Stamm am hinteren Ende lag. Am vorderen Ende gab er allerdings noch ein wenig nach. Er ging wieder zu den Bäumen und suchte nach längeren und dickeren Ästen.

Er trug vier von ihnen zurück zu Jasmine. Dort legte er sie über den Baumstamm und den Ast und hoffte, dass das Ganze so an Stabilität gewann. Der Baum war nur leicht eingesunken, testweise stützte er sich darauf und wartete. Gottseidank lag er an einem guten Platz. Er stützte sich stärker ab und streckte dann eine Hand über die Äste. „Versuch, meine Hand zu ergreifen. Hilfe ist unterwegs. Wenn ich bei dem Versuch, dich da rauszuholen, selbst steckenbleibe, bleib wo du bist." Jasmine wusste nicht recht, was er meinte, das konnte er an ihren Augen erkennen.

„Bring dich nicht meinetwegen in Gefahr. Ich meine das ernst. Ich habe mich in diese Lage gebracht."

„Und du wolltest dem Esel helfen. Ich würde sagen, sie ist diejenige, die sich zuerst in eine ungünstige Lage gebracht hat. Beweg weiterhin deine Beine und gib mir deine freie Hand." Er redete und hoffte, dass er sie etwas ablenken konnte, während er sie ansah. *Großer Gott, sie hatte wunderschöne Augen.* Als sie sich nach ihm streckte, trat er einen Schritt vorwärts, in den Sand, und spürte, wie sein Fuß darin versank. Er griff nach ihrer Hand und zog daran, wobei die Äste zwischen ihnen lagen.

Sie bewegte sich kaum einen Zentimeter.

* * *

Jasmine war bereits erschöpft, als Caleb nach ihrer Hand griff. Das Bein, das sie seit geraumer Zeit zu bewegen versuchte, hatte inzwischen zumindest ein bisschen Spielraum. Probeweise versuchte sie, mit dem rechten Bein zu wackeln, das gelang ihr nicht, doch mit dem Fuß ging es. Sie bewegte ihn Stück um Stück und spürte, dass es ihr langsam gelang, ihn ein wenig nach oben zu ziehen. Als Caleb mit mehr Holz zurückkam und es auf den Schlamm – den Treibsand – legte, sank es nur langsam; es erreichte eine gewisse Tiefe und hörte dann auf zu sinken, so wie es bei ihr gewesen war. Sie steckte bis zu den Rippen im Schlamm, doch von dem armen Esel schaute nur noch der Kopf heraus. Wenn Jasmine dessen Nase nicht weiter festhalten würde, könnte er nicht mehr atmen und als ob das Tier das wüsste, hielt es seine kleinen Augen auf Jasmine gerichtet.

„Ich kann den Kopf des Esels nicht loslassen. Er ist müde und wenn er ihn nicht selbst halten kann und ihn sinken lässt, verschwindet er."

Caleb hielt ihre Hand, während er sich seitlich von ihr befand. Sie hatte beobachtet, wie er Zweige abgebrochen hatte, dann hatte er sie auf dem Treibsand positioniert und nun lag er, ihre Hand haltend auf den Ästen zwischen ihnen.

„Ich weiß, dass du Daisy Duke nicht loslassen wirst. Meine Brüder sind unterwegs. Ich verspreche, wenn ich dich nicht herausbekomme, sie schaffen es. Sie bringen Seile mit und alles Übrige, was sie benötigen. Aber hör mal: Ich habe einen Artikel gelesen, in dem es hieß, man soll sich nicht nach vorn lehnen, sondern nach hinten – deswegen habe ich das Holz so hingelegt. Lass deine Hand unter Daisys Kiefer. Stütz sie weiterhin, während du dich auf die Zweige zurücklehnst. Leg so viel Gewicht deines Rückens wie möglich darauf ab. Umso weniger Druck auf deinen vorderen Rippen lastet, umso besser für deine Lunge."

„Daisy Duke", sagte sie leise und lächelte, weil die Ohren der kleinen Eselin zuckten, als sie ihren Namen hörte. „Hilfe ist unterwegs." Diese Information gab ihr Kraft und sie tat, was Caleb ihr gesagt hatte: sie lehnte ihren Oberkörper so weit wie möglich nach hinten gegen das Holz und konnte sich zum ersten Mal seit Stunden für einen Moment entspannen. „Danke. Ich bin so müde."

Caleb rieb ihr mit der Hand über die Stirn und strich ihr Haar beiseite, während sie zum Himmel blickte.

Zu ihrer Überraschung beugte er sich über sie und sah ihr in die Augen. Der Mann hatte wunderschöne Augen und sie wusste, dass er alles, was er für sie tat, ernst meinte.

„Ich freue mich, dass ich gekommen bin, um dir zu sagen, dass mir leidtut, was gestern Abend geschehen ist. Ich hoffe, ich habe es nicht vermasselt. Können wir Freunde sein?"

Ihr Herz donnerte. „Ich denke, das können wir… egal was passiert, denk daran, dass wir Freunde sind." Trotz ihrer nun entspannteren Haltung hatte sie

Schwierigkeiten beim Atmen. Dennoch lächelte sie ihn an; sein Blick hielt ihren, aber er lächelte nicht.

„Du hältst einfach noch ein wenig durch – hörst du das Geräusch? Unsere Verstärkung ist eingetroffen. Das sind meine Brüder – auf ihren Geländefahrzeugen. Sie haben alles dabei, um uns hier rauszuholen, also halte durch, Baby."

Nun hörte sie sie auch. Vernahm die Motoren der Geländefahrzeuge; scheinbar hatten sie die Trucks irgendwo geparkt, die Geländewagen abgeladen und kamen nun auf ihnen durch das Wasser und den Hügel hinaufgefahren. Die Geräusche wurden lauter und sie erblickte voller Dankbarkeit, wie erst Ryder und Zack und dann auch ihr Cousin Hunter auf einem dritten Geländefahrzeug auf sie zurasten.

„Jetzt bekommen wir dich mit Sicherheit hier raus", versprach Caleb ihr. „Sie haben alles mitgebracht, was wir brauchen, um dich auszugraben."

„Wunderbar", sagte sie mit sanfter Stimme, als sie mit ansah, wie seine Familienmitglieder unter Getöse zum Stehen kamen und von ihren Fahrzeugen sprangen. Drei große, ernst dreinblickende Cowboys stellten sich neben die Grube. „Hi", sagte sie. „Könnt ihr eurem wunderbaren Bruder dabei helfen, mich und die süße Daisy Duke aus diesem Schlamassel zu befreien?"

Der Älteste, Ryder, begegnete ihrem Blick. „Deswegen sind wir hier. Halte durch. Ich bin froh, dass du uns anrufen konntest, Caleb."

„Ich auch", erwiderte dieser.

Sie hörte Erleichterung in seinen Worten. Er hatte hart gearbeitet und die Erkenntnis, dass es ihm allein vielleicht nicht gelingen würde, sie zu retten, wahrscheinlich als sehr belastend empfunden. Und Daisy Duke steckte in erheblichen Schwierigkeiten, das wussten sie beide.

Und dann machten sich die Buckley-Männer an die Arbeit. Sie hatten eine zusammengeklappte, ausziehbare Leiter aus Metall mitgebracht und zogen sie von der Ladefläche eines der Fahrzeuge herunter. Sie war nur etwa einen Meter zwanzig lang, doch vor ihren Augen wurde sie unversehens dreimal länger, je mehr Segmente ausgezogen wurden. Dann brachten sie sie so in Position, dass sie genau neben ihrem Oberkörper und ihrer Hüfte zum Liegen kam. Ihr eines Ende befand sich auf sicherem Untergrund, das andere ebenso, sie überspannte das ganze sumpfige Gebiet dazwischen.

Caleb blickte sie wieder an. „Ich werde dich festhalten, und sie werden von der Leiter aus erst dein eines Bein, dann das andere freischaufeln. Wenn das geschafft ist, ziehe ich dich raus."

„Genauso werden wir es machen", stimmte ihm Ryder zu. „Also los, Cowboys, an die Arbeit." Er kniete sich hin und legte sich dann auf die Leiter; die ihn stabil trug. Dann reichte Zack ihm eine langstielige Schaufel.

Sofort begann er zu graben, während Hunter ans andere Ende der Leiter ging und das Gleiche tat wie sein Cousin. Dann reichte Zack auch ihm eine Schaufel. Gemeinsam gruben sie auf beiden Seiten ihres linken Beins, wobei sie äußerst behutsam vorgingen. Zack, der stillste der Buckley-Brüder, holte weitere Gegenstände, wenn sie benötigt wurden.

Ryder sah sie an. „Du wirst die Schaufel unter deinem Fuß spüren. Wenn du das tust, und ich mit der Schaufel etwas Platz schaffe, versuchst du, deinen Fuß hochzuziehen. Hunter wird das Gleiche tun, aber man muss es Stück für Stück machen. Es kann Stunden dauern. Oder es geht schnell. Wenn du das Bein hochziehst, füllt sich das Loch unter deinem Fuß wieder, aber dein Fuß ist dann schon ein wenig freier. Wir machen so lange damit weiter, bis wir dein eines Bein befreit haben, anschließend kümmern wir uns um das andere. Also los."

Und so machten sie es. Schritt für Schritt legten sie ihr rechtes Bein frei, eine Bewegung mit der Schaufel nach der nächsten. Es dauerte eine Weile und sie lächelte zu Caleb hoch, der seine Hand unter ihre gelegt hatte und ihr dabei half, Daisys Kopf über dem Schlamm zu halten. Der Kampf um das Leben des Esels hatte sie ermüdet und sie war dankbar dafür, dass er ihre Hand mit seiner umfasst hielt und ihr die benötigte Kraft gab. Glücklicherweise sank der liebe Esel nicht mehr weiter, doch sie nahm an, dass er den stärker werdenden Druck auf seinen Körper ebenso spürte wie sie.

Caleb hob seinen freien Arm und nahm die Flasche Wasser entgegen, die Zack ihm reichte, und dann gab er ihr vorsichtig dringend benötigtes Wasser. Als sie fertig war, trank er ebenfalls etwas und gab dann Zack die Flasche zurück.

„Du machst das großartig", versicherte ihr Zack mit einem sanften Lächeln von oben.

Sie lächelte ihn an und dann Caleb, als ihr Bein endlich freikam. Sie schnappte vor Freude nach Luft und Zack griff nach einem Seil und drückte Hunter ein Ende davon in die Hand; dieser schob es unter ihrem Knie durch, sodass ihr Bein noch ein wenig weiter nach oben kam. Dann nahm Zack beide Enden des Seils und ging ein Stück um den Tümpel herum, damit er einen besseren Stand hatte, während er verhinderte, dass ihr Bein wieder in dem Sandloch versank. Sie hatte keine Energie mehr in ihrem Bein – und auch kein Gefühl. Doch es war oben und durch Zack gesichert und die anderen beiden Cowboys machten sich wieder an die Arbeit und gruben nun um ihr anderes Bein herum.

Endlich war auch ihr zweites Bein frei.

Ryder gab den anderen Anweisungen. „Jungs, wir haben es fast geschafft. Hunter, jetzt wo du beide Hände frei hast, nimm Daisys Kopf und halte ihn hoch. Jasmine, lass los; er wird sich um sie kümmern, während wir dich rausholen. Anschließend befreien wir das kleine Mädchen, für dessen Rettung du so hart gekämpft hast."

Erleichterung durchströmte sie, als sie tat, was Ryder gesagt hatte und Hunter Daisys Kiefer greifen ließ, während Caleb seine Hände unter ihre Schultern gleiten ließ und Zack an dem Seil um ihr rechtes Knie zog und Ryder ihr anderes Knie festhielt. Auf drei zogen sie alle kräftig und mit vereinten Kräften kam sie endlich frei.

Caleb grinste und weil er so stark gezogen hatte, fiel er nach hinten und nahm sie dabei mit sich.

Frei! Sie war frei, Calebs Arme glitten vollständig um sie und er küsste sie auf den Nacken.

„Du bist in Sicherheit, Süße."

Wenn sie Kontrolle über ihren schmerzenden, tauben Körper gehabt hätte, hätte sie sich zu ihm umgedreht und ihn auf die Lippen geküsst. Doch sie konnte sich nicht bewegen, spürte aber ein stetiges Kribbeln, als ihr Blut langsam begann, ihren schlafenden Körper wieder aufzuwecken.

„Großartig!", rief Hunter. „Dann holen wir jetzt noch den kleinen Esel raus, dessen Rettung Jasmine beinahe mit dem Leben bezahlt hätte."

Ryder und Zack lächelten zu ihr herunter – Calebs Arme umschlangen sie noch immer – und machten sich dann daran, den Esel zu retten.

Tränen quollen ihr aus den Augen, als Caleb sich bewegte und sie sanft zu Boden gleiten ließ, während er unter ihr hervorkam.

Er setzte sich auf und lächelte sie mit besorgtem Blick an. „Du bist jetzt in Sicherheit, aber so wie ich es gelesen habe, muss dein Körper erst wieder aufwachen. Die Schmerzen vom auf dich drückenden Treibsand werden nachlassen, versuch am besten, dich zu entspannen. Sie werden Daisy retten, keine Sorge. Sergeant Two Toes beaufsichtigt immer noch alles. Der kluge alte Ziegenbock wusste, wann er Hilfe holen und wann er sich zurückhalten und sie ihre Arbeit machen lassen musste. Jetzt steht er wieder knietief im Tümpel und sorgt dafür, dass Daisy freikommt. Diese Ziege weiß zu viel – sie bewegt sich frei auf unserem Land, sie springt über jeden Zaun, den sie sieht. Ich glaube, er war schon hier und wusste, wie tief er hineingehen kann, um nicht steckenzubleiben."

„Ich denke, du hast recht", brachte sie hervor und richtete ihren Blick auf die stolze alte Ziege. *Sergeant Two Toes – was für ein erstaunliches Tier.*

Er, dieser wundervolle Mann und die anderen drei waren ihr und Daisy zu Hilfe gekommen. Und im Verlaufe dessen hatte sich ihr Leben verändert.

KAPITEL SIEBEN

Caleb half Jasmine, sich aufzusetzen, damit sie verfolgen konnte, wie Daisy gerettet wurde, als es ihr langsam leichter fiel zu atmen. „Sie werden sie rausholen, schau ihnen gern zu, aber am wichtigsten ist jetzt, dass das Blut zurück in deine Beine fließt."

Zack reichte ihnen ein Seil, das er zu einem Geschirr gebunden hatte, welches sie um Daisys Hals und Kiefer legten, um den Kopf des Esels über dem Treibsand zu halten. Hunter verschwendete keine Zeit, gleich nachdem sie Jasmine befreit hatten, griff er wieder zu seiner Schaufel und begann, unter den Vorderbeinen des Esels zu graben. Da die Beine des Tiers kürzer und dünner waren als ihre und auch nicht so tief eingesunken waren, ging das vergleichsweise schnell, und Ryder schob schon bald ein weiteres Seil unter das kleine Mädchen. Hunter fuhr fort, wie Superman zu graben und sie hatten die kleine Eselin sehr viel schneller befreit als Jasmine.

Zack war derjenige, der schließlich in das Loch griff und Daisy in Sicherheit brachte, und der müde kleine Esel stieß augenblicklich ein IH-AH aus und brach dann zusammen, als Zack ihn auf den Boden setzte. Daisys Kumpel Sergeant Two Toes stürmte nach vorn und begann, ihr Gesicht abzulecken, bevor er ein lautes MÄH von sich gab. Alle grinsten bei ihrem Anblick.

Dann trug Ryder Daisy zu einem der Geländewagen und band sie mit dem Seil, das noch um ihren Kopf hing, daran fest, da er nicht riskieren wollte, dass der Esel noch einmal im Sand steckenblieb.

„Sie waren so süß mit Daisy." Jasmine blickte ihn mit Tränen in den Augen an. „Danke, ich danke euch allen vielmals dafür, dass ihr mich und diesen süßen Esel gerettet habt", rief sie, als alle um sie herumstanden. „Und schaut euch diese wundervolle Ziege an, sie ist überglücklich."

Als hätte er verstanden, dass sie über ihn sprachen, hob Sergeant Two Toes den Kopf und stieß ein lautes Brüllen aus und seine kleine Freundin, die immer noch auf dem Boden lag, hob ebenfalls den Kopf und stieß ein freudiges IH-AH aus, wobei ihre Augen fröhlich glänzten.

Ihr langgezogenes Iahen entlockte ihnen glückliche

und erleichterte Lacher und Caleb dachte voll Dankbarkeit daran, wie sich alles entwickelt hatte. Wenn er heute nicht zu Jasmines Hütte gefahren wäre, stünden sie jetzt nicht so glücklich beieinander.

Sein Herz zog sich bei diesem Gedanken zusammen und er lächelte Jasmine an und blickte in ihre dankbaren Augen.

„Ihr könnt mit meinem Fahrzeug zurück zu deinem Truck fahren, wir kommen dann nach, wenn wir alles verladen haben", sagte Hunter.

„Danke. Ist das okay für dich?", wollte Caleb von Jasmine wissen, die immer noch in seinen Armen lag.

Sie holte tief Luft und nickte. „Ja, das hört sich gut an."

„Danke, Kleiner. Er grinste seinen jüngeren Cousin an.

Hunter grinste zurück. „Ich bin gar nicht so klein. Du bist einfach ein großer Kerl."

„Das stimmt, aber ich muss sagen, du und meine Brüder, ihr seid einfach großartig." Er rief seinen Brüdern ein weiteres Danke zu, dann hob er Jasmine sanft hoch und trug sie zu ihrem Fahrzeug. „Ich glaube, du sehnst dich nach einer Dusche und der Klimaanlage."

„Das hört sich gut an", sagte sie zustimmend.

Ihre um seinen Nacken gelegten Arme und ihr ganz auf ihn fokussierter Blick animierten sein Herz zu

Ausschlägen, wie er sie nie zuvor gespürt hatte.

Er setzte sie auf den Rücksitz des Fahrzeugs, kletterte dann vor ihr auf den Fahrersitz und blickte über seine Schulter zu ihr. „Halt dich gut fest, leg deinen Kopf an meine Schulter – ich verspreche, ich werde mir nichts dabei denken." Er grinste und sie kicherte leise, was verriet, wie müde sie war. Ihre Augen funkelten ein wenig und das brachte ihn innerlich zum Lächeln.

Dann drehte er sich um, er schaltete den Motor ein und sie lehnte ihr Gesicht an seinen Rücken. Und das war so wunderbar, wie er es sich vorgestellt hatte.

* * *

Jasmine hätte sich keinen großartigeren Retter wünschen können. Sie spürte, wie sein Herz schlug, als sie ihre Wange an sein Schulterblatt legte und die Augen schloss. Es hätte so ein schrecklicher Tag werden können, doch jetzt war er perfekt.

Sie legte ihre Arme um seine Taille und hielt sich fest. Er fuhr langsam los, wobei er das Fahrzeug mit einer Hand steuerte, während er mit der anderen ihre verschränkten Hände bedeckte. Ihr Herz hatte heute vor Angst geklopft, vor Sorge um die kleine Daisy und jetzt klopfte es vor Glück.

Er legte beide Hände auf den Lenker und steuerte

das Geländefahrzeug vorsichtig den Hang hinunter zum Bach, überquerte diesen und fuhr dann auf der anderen Seite wieder hinauf. Sie klammerte sich an ihn, sodass sie nicht herunterfiel – sie würde ihn nicht loslassen. Als sie oben ankamen, brachte er das Fahrzeug auf der Beifahrerseite seines Trucks zum Stehen und bevor sie noch ein Bein auf den Boden setzen konnte, hob er sie in seine Arme und setzte sie trotz all des Schlamms und Schmutzes vorsichtig auf den Sitz.

„Aber der Schlamm", keuchte sie.

„Das bekommt man wieder raus. Im Moment interessiert mich nur, dass du dich so wohl wie möglich fühlst. Ich hatte Angst, dass du so müde bist, dass du herunterfällst, zum Glück ist das nicht geschehen."

„Vielen Dank. Was geschieht mit meinen beiden neuen Freunden?"

„Die Jungs werden dafür sorgen, dass sie alle nach Hause kommen. Bestimmt wird einer von ihnen den kleinen Esel auf seinem Geländewagen transportieren und dann wird ihnen der gute alte Sergeant Two Toes folgen – oder, wer weiß, vielleicht rennt er auch vorneweg und zeigt ihnen den Weg. Aber sie kommen auf jeden Fall zurück. Mach dir keine Sorgen um Sergeant Two Toes. Er läuft frei auf der Ranch umher, und ich denke, du könntest ihn jetzt öfter zu Gesicht bekommen, schließlich kennt er dich jetzt und du hast seinen kleinen Kumpel gerettet. Vielleicht wird er von Zeit zu Zeit vorbeikommen. Ich denke, darauf kannst du dich einstellen – aber folge ihm nicht noch mal in schlammige Gewässer. Ich werde dir meine Nummer geben, wenn du etwas brauchst, ruf mich an. Wenn ich nicht kommen kann, hilft dir einer meiner Brüder oder Cousins. Okay?" Er hielt vor ihrer Hütte und drehte sich zu ihr.

Sie lächelte, der beschützende Ton in seiner Stimme und der Ausdruck in seinen Augen gefielen ihr. „Einverstanden. Mir geht es schon viel besser, eine heiße Dusche wird wunderbar sein. Ich wette, auch du freust dich schon auf deine eigene Dusche."

„Ja, das tue ich. Soll ich noch mit reinkommen? Kann ich irgendetwas tun, um dir zu helfen?"

Küss mich. „Nein, ich… es geht mir gut. Aber danke, dass du heute Morgen hergekommen bist."

Er hatte seine Tür bereits geöffnet und kam nun um den Wagen herumgelaufen und öffnete ihre Tür, was ihr genug Zeit verschaffte, den Gedanken an einen Kuss beiseitezuschieben.

„Ich bin heute Morgen gekommen, um zu schauen, wie es dir nach gestern Abend ging. Ich bin froh, dass ich hergefahren bin."

Sie streckte eine Hand aus und legte sie auf seinen sandigen Arm. „Ich stehe für immer in deiner Schuld.

Falls du jemals etwas brauchen solltest, lass es mich einfach wissen, okay? Ich weiß nicht, ob ich dich vor etwas Ähnlichem wie Treibsand bewahren kann, aber wenn du bei irgendetwas Hilfe brauchst, werde ich es gern versuchen – ich würde mich gern irgendwie revanchieren."

„Ich erwarte nichts von dir, nur dass du mich anrufst, solltest du mich noch einmal brauchen."

Sie starrten einander an und ihr Herz raste. „Okay, ich kann die Dusche schon meinen Namen rufen hören. Anschließend werde ich mich einfach etwas hinsetzen und dankbar sein."

Er lächelte, griff nach ihrer Hand und half ihr vom Sitz des Trucks herunter. „Tu das. Und wer weiß – vielleicht werde ich eines Tages deine Hilfe brauchen und dich um etwas bitten. Doch jetzt bringen wir dich erstmal die Stufen hinauf und ins Innere des Hauses."

Noch immer hielt er ihre Hand und sie verharrte für einen Moment, um sicherzugehen, dass sie sicher auf beiden Füßen stand, damit er sich keine Sorgen machte. Dann ließ sie sich von ihm die Stufen zu ihrer Tür hinaufführen. „Es geht mir gut. Fahr nach Hause, dusche und denk daran, dass ich und meine beiden neuen Freunde Sergeant Two Toes und Daisy Duke dir unendlich dankbar sind."

Er grinste. Dann hob er zu ihrer Überraschung ihre

Hand an seine Lippen und küsste ihre noch immer sandigen Fingerknöchel. „Ich bin froh, dass ich gekommen bin und für dich und die beiden da sein konnte."

Ihr Herz beruhigte sich, als er ihre Hand küsste und sie brachte kein Wort heraus, als sich ihre Blicke erneut trafen. „Ich auch", brachte sie schließlich heraus, dann öffnete sie die Tür und ging hinein. Was sie brauchte, war eine Ladung heißes Wasser und einen klaren Kopf.

Doch auch die Dusche half nicht dabei, ihre Gedanken wieder etwas zu erden. Danach ging es ihr zwar besser, doch in ihrem Kopf herrschte immer noch ein einziges Durcheinander. Sie machte sich eine Tasse Kaffee und ging nach draußen, wo sie sich auf einen ihrer Stühle setzte. Ihr Blick ging in Richtung Straße und nicht zu der Weide, auf der sie zuvor gewesen war.

Sie hatte noch nicht lange dort gesessen – mit außer Rand und Band geratenen Gedanken, ihre Welt am Taumeln – als sie Genna auf die Hütte zufahren sah. Die liebe Genna – natürlich, die Männer ihrer Familie waren ihr zu Hilfe geeilt, sie musste von ihnen erfahren haben, was geschehen war.

Genna hielt und kam zu ihr herübergeeilt. „Ich habe voller Entsetzen gehört, was dir passiert ist", stieß sie hervor. „Ich bin äußerst dankbar, dass Caleb zu dir kam und Hilfe rufen konnte. Wie fühlst du dich?"

Jasmine deutete auf den anderen Stuhl und forderte sie auf, sich zu setzen. „Es geht mir besser. Ich lebe noch und habe keine Schmerzen. Ja, ich bin müde, aber alles in Allem geht es mir gut, dank Caleb und dieser Ziege – ach herrje, ich liebe deine Ziege und den kleinen Esel. Ich muss sie unbedingt mal besuchen kommen. Deine Familie hat mich gerettet und es geht mir großartig."

Genna lächelte übers ganze Gesicht. „Wunderbar. Ich habe mich sofort auf den Weg gemacht, als ich hörte, was geschehen ist. Caleb kam vorbei, um nach Sergeant Two Toes und Daisy Duke zu sehen. Er meinte, er würde das tun, weil er wüsste, dass du dich fragen würdest, wie es ihnen geht. Er war nicht mal zu Hause, um sich den sandigen Schlamm abzuwaschen, sondern kam direkt zu uns, nachdem er dich hergebracht hatte. Ich kam gerade aus der Tür und war drauf und dran, in mein Auto zu steigen, nachdem Ryder meinen kleinen Esel und seinen Beschützer Sergeant Two Toes kurz zuvor nach Hause gebracht hatte. Außerdem hat er mich gebeten, nach dir zu sehen; dass ich bereits halb auf dem Weg war, hat ihn glücklich gemacht. Brauchst du irgendetwas?"

Er hatte gewollt, dass nach ihr gesehen wurde. Ohne etwas dagegen tun zu können, lächelte sie. „Nein, mir geht's gut, danke. Ich bin nur, äh, ich bin… nun, etwas aufgewühlt."

„Weswegen?"

„Caleb hat nicht eine Sekunde gezögert. Er hat sich sofort an die Arbeit gemacht und nach einer Möglichkeit gesucht, mich zu retten. Und ja, ich nehme an, dass jeder halbwegs anständige Mann das Gleiche getan hätte, aber es war nun einmal er, der mir zu Hilfe gekommen ist. Er ist wegen gestern Abend zu mir herausgefahren. Ich war nach unserem Tanz nicht unbedingt mega nett zu ihm. Ich habe ihn einfach stehenlassen… ich muss mich bei ihm entschuldigen und ihm vielleicht erklären, warum ich so seltsam darauf reagiert habe, mit ihm zu tanzen."

Gennas Lippen verzogen sich. „Nun, für dieses Unterfangen kann ich dir die perfekte Gelegenheit nennen. Wir werden heute Abend gemeinsam essen und ich würde mich freuen, wenn du kommst. Du kannst alle meine Ziegen kennenlernen und nach Sergeant Two Toes und Daisy Duke sehen. Wie klingt das?"

„Weißt du, ich habe kaum etwas unternommen, um die Menschen hier besser kennenzulernen. Dich kenne ich, weil wir zusammenarbeiten."

Genna lachte. „Ja, das ist mir aufgefallen. Doch jetzt ist es an der Zeit, auch die anderen kennenzulernen. Das bedeutet nicht, dass irgendetwas Romantisches in der Luft liegt oder so. Versteh das nicht falsch."

„Okay. Du hast recht. Es ist an der Zeit, ich werde

versuchen, meine selbstgebauten Mauern zu überwinden."

Gennas Blick wurde etwas ernster. „Ja, diese Mauern kann ich förmlich sehen. Du hast sie sehr sorgfältig errichtet, und ich bin nicht die Einzige, die sie bemerkt hat. Mach dir deswegen keine Sorgen. Niemand setzt dich unter Druck. Aber falls es etwas gibt, über das du mit mir sprechen willst, bin ich immer für dich da. Ich hatte auch Probleme. Die möchte ich nicht mit deinen vergleichen, da ich sie nicht kenne, aber irgendetwas verrät mir, dass du darüber reden solltest. Aber vielleicht bin ich auch nicht die Person, mit der du reden solltest. Vielleicht solltest du lieber mit… wer weiß, vielleicht mit Caleb sprechen. Ich habe nicht viel gesagt, bevor ich West kennenlernte und mit ihm sprach. Er hat zugehört, und da ist mir aufgefallen, dass ich wirklich darüber reden musste. Ihr habt gerade dieses Erlebnis geteilt, vielleicht ist er derjenige, dem du deine Gedanken anvertrauen solltest. Wenn du damit anfangen willst, dich zu öffnen und ein kleines Risiko einzugehen, dann ist er vielleicht der Richtige dafür."

„Ich werde nichts vorantreiben, für das ich möglicherweise noch nicht bereit bin und ehrlich gesagt ist das, was mir passiert ist, nicht wirklich mit dem vergleichbar, was anderen Menschen so zustößt. Dummheit ist eine äußerst beschämende Angelegenheit.

Ich war dumm, schlicht und ergreifend. Dumm. Und eins kann ich dir sagen, etwas Derartiges wird mir nicht noch einmal passieren. Normalerweise bin ich nicht so, aber manchmal können Gefühle etwas in einem zum Vorschein bringen, von dem man nicht einmal wusste, dass es da ist. Ich habe mich zu sehr hineingesteigert. Das hat mich meinen klaren Kopf gekostet und ich habe den Fehler meines Lebens gemacht. Dummheit, ich sag's ja." Sie konnte nicht anders; sie musste lachen. Es war das erste Mal, dass sie über ihre idiotische Tat lachte, und als sie Genna ansah, lächelte auch diese.

„Bedeutet dein Lachen, dass es dir ein bisschen besser geht?"

Sie grinste. „Ja. Ich kann darüber lachen. Ich kann dir gar nicht sagen, wie gut es sich anfühlt, über etwas lachen zu können, das einfach nur ein Haufen Mist war. Danke, dass du gekommen bist. Vielleicht hat festzustecken und zu wissen, dass ich sterben könnte, dabei geholfen, die Dinge klarer zu sehen."

Genna streckte die Hand aus und legte sie ihr auf den Arm. „Das kann sein. Manchmal nehmen wir Dinge sehr ernst, Dinge, die wir uns nicht so zu Herzen nehmen sollten und es braucht eine Situation, in der es um Leben und Tod geht, um uns zur Besinnung zu bringen und uns zu zeigen, dass es im Leben noch andere Sachen gibt, als ständig über etwas Dummes nachzudenken, das wir getan haben. Und damit möchte ich nicht sagen, dass es dumm war, was du getan hast." Sie lachte und Jasmine fiel mit ein. „Ich will sagen, dass es vielleicht das Beste wäre, darüber zu lachen, es hinter dir zu lassen und nach vorn zu schauen. Den Blick nach vorn zu richten ist großartig, das kann ich dir sagen. Ich habe es getan und seither ist mein Leben wunderbar."

Jasmine holte tief Luft, starrte ihre Freundin an und nickte dann. „Es war ein großer Schritt für mich, hierher zu kommen, ein wirklich großer Schritt. Nachdem meine Mutter hier war, hat sie sich in den Kopf gesetzt, dass ich herziehe. Ich glaube, sie hat gespürt, dass dies der richtige Ort für mich sein könnte. Ich bin froh, dass ich ihrem Rat gefolgt bin, dass ich dich kennenlernen durfte und darüber, dass du heute zu mir gekommen bist. Und ja, ein gemeinsames Abendessen wird der großartige Abschluss eines traumatischen Tages sein, wann soll ich kommen?"

Genna beugte sich vor und umarmte sie. Und erklärte ihr dann, wie sie zu ihrem Teil der Ranch kam. Sie bereitete sie darauf vor, dass sie auf einen Haufen übermütige fröhliche Ziegen treffen würde, die liebend gern mit ihr spielen würden, genauso wie der kleine Esel, dessen Bekanntschaft sie bereits gemacht hatte und der noch nicht lange bei ihnen lebte und keine Zäune mochte. Und natürlich wäre auch der Großvater all ihrer Ziegen zugegen, Sergeant Two Toes, der so heldenhaft auf Daisy Duke und Jasmine achtgegeben hatte.

Als Genna wenig später in ihr Auto stieg und davonfuhr, blieb Jasmine noch auf ihrem Stuhl sitzen und blickte nun alles in allem sehr viel besser gelaunt auf den Verlauf dieses Tages zurück.

Vielleicht war dies ihr erster Schritt in eine neue Richtung. Das war in Ordnung, sie musste nur einen Schritt nach dem nächsten gehen. Nur diesmal vielleicht in eine andere Richtung.

KAPITEL ACHT

Jasmine fühlte sich wieder besser, als sie sich auf den Weg zu Genna machte. Beinahe wäre sie wegen des Besuchs ein wenig nervös geworden, doch sie schob die Aufregung bestimmt beiseite. Sie stieg in ihr Auto und fuhr die schmale unbefestigte Straße entlang, die zu dem Haus führte, das ihrem Kenntnisstand nach das älteste auf dem Gelände der weitläufigen Buckley Ranch war. In ihm hatten die Großeltern der Buckley Brüder ihr gemeinsames Leben begründet. Hier hatten sie ihrer beider Leidenschaften zusammengeführt: die Liebe ihrer Familie zur Ziegenzucht und die Liebe seiner Familie zur Rinderzucht. Von diesem Ort aus hatten sie die Ranch all die Jahre hindurch geleitet.

Jasmine hatte schon viele Geschichten über die süßen Ziegen und ihre Spielkameraden, die Esel, gehört.

Genna hatte ihr Geschäft zunächst ausschließlich als Onlineshop geführt, welchen sie um ein echtes

Geschäft ergänzt hatte, als sie nach Lone Star gezogen war. Seither strömten Frauen von überall her in ihre hübsche kleine Stadt, um hier Klamotten zu kaufen und sich mit Genna fotografieren zu lassen. Ihre Mutter war eine von ihnen gewesen. Anschließend hatte sie sie besucht und gemeint: „Du solltest dort hinziehen und von vorn beginnen. Überall laufen Cowboys herum."

Zu diesem Zeitpunkt hätte sich Jasmine nach allem, was sie durchgemacht hatte, kaum weniger für Cowboys interessieren können. Sie war trotzdem gekommen und zu dem Tanz gegangen, der nur deswegen stattgefunden hatte, weil ihre Mutter Genna erklärt hatte, dass es etwas wie einen Tanz bräuchte, um ihre Tochter in die Stadt zu bringen. Sie hatte es urkomisch gefunden, dass ihr ein Tanz helfen sollte.

Schließlich war sie tatsächlich deswegen in die Stadt gekommen. Sie hatte es genossen, allen dabei zuzusehen, wie sie sich amüsierten und auch wenn sie nicht getanzt hatte, hatte sie die Leute, die sie traf, großartig gefunden und erkannt, dass dies der richtige Ort für einen Neuanfang war. Hier war sie nun also und jetzt fuhr sie auf die Ranch. Erst stach ihr die gewaltige rote Scheune ins Auge und dann erblickte sie auch den reizenden Sergeant Two Toes, der stramm vor dem Gebäude stand.

Lächelnd brachte sie das Auto zum Stehen und

unter den Blicken dieser erstaunlichen Ziege öffnete sie die Tür und stieg aus dem Auto. „Hallo, Sergeant Two Toes. Ich freue mich sehr, dich wiederzusehen."

Sie näherte sich ihm und er kam auf sie zu stolziert, dann senkte er den Kopf und stieß mit seinen Hörnern vorsichtig gegen ihre Hüfte, um sie nicht zu verletzen. Anschließend hob er den Kopf und stieß einen lauten, fröhlichen Ruf aus, nicht so wie der, mit dem er für die süße Daisy Duke um Hilfe gerufen hatte. Sie lächelte und weil sie nicht anders konnte, streckte sie eine Hand aus und legte ihm ihren Arm um den Hals.

Er ließ es geschehen und kuschelte sich an sie, während sie seinen Rücken streichelte und ihn umarmte. „Danke, danke, du großer, lieber Ziegenbock. Du bist nicht nur ein Sergeant – du bist ein Held. Mein Held." Sie lehnte sich zurück und die großen Augen der Ziege bohrten sich in sie; sie beugte sich vor und er ließ zu, dass sie ihn auf die Nasenspitze küsste – nicht wirklich auf die Nase, sondern auf die Haare, die dort wuchsen. Sie liebte ihn, würde ihn aber nicht auf die Nase küssen.

Als sie aufsah, entdeckte sie zu ihrer Überraschung Caleb, der an der Ecke der Scheune stand; mit seinen muskulösen Armen, die Hände in die schlanken Hüften gestemmt und ein Lächeln auf dem überaus hübschen Gesicht. Sie rieb der Ziege über den Kopf und ließ sie dann los; das Tier wich ein Stück zurück und stieß eine

Art Kichern aus, so als wollte es sie dazu auffordern, zu Caleb zu gehen und mit ihm zu sprechen. „Es sieht so aus, als würde er mir zu verstehen geben wollen, dass ich Hallo sagen soll."

„Nun, wir wissen beide, dass er ein kluger Kerl ist. Und ich muss sagen, ein Held ist er noch dazu."

Mit einem Mal war ihr Hals wie zugeschnürt. Sie nickte und zwang eine Antwort heraus. „Ja, mein Held. Nun ja, er und du." Warum sollte sie das nicht sagen? Es entsprach der Wahrheit.

Er kam auf sie zugelaufen und legte zu ihrer Überraschung einen Arm um ihre Schultern, zog sie dann an seine Seite und drückte sanft ihre Schulter. „Ich bin so froh darüber, dass ich dort war. Es war ein anstrengender und wunderbarer Tag. Den ganzen Morgen habe ich darüber nachgedacht, dass ich mich auf den Weg zu dir machen sollte – ich bin so dankbar dafür, dass du in meinen Gedanken warst und ich dabei helfen konnte, dich in Sicherheit zu bringen."

Sie konnte nicht anders, sie schlang den Arm, der ihm näher war, um seine Taille und drückte ihn fest, während sie zu ihm aufsah. *Oh mein Gott, warum tat sie das?* Er blickte zu ihr herab, die Krempe seines Hutes sorgte für Schatten auf seinem Gesicht vor dem Sonnenlicht hinter ihm. In diesem Augenblick kam es ihr so vor, als wären sie die einzigen Menschen auf der

Welt. Sie spürte, wie ihr eine Träne aus dem Auge rann, er sah es und hob seine freie Hand und wischte sie ab, als sie über ihre Wange rollte.

„Weine nicht. Es ist alles gut. Lass uns reingehen und allen Hallo sagen. Als ich sah, dass du angekommen bist, dachte ich, ich komm raus, um dich zu begrüßen und dich zu warnen, dass alle hier sind. Genna hat beschlossen, dass dies ein guter Zeitpunkt für dich wäre, die gesamte Familie etwas besser kennenzulernen. Sie sind alle froh, dass wir dich gerettet haben, und diejenigen, die nicht dabei sein konnten, sind froh, dass die anderen dir geholfen haben. Falls du noch einen Moment brauchst, steig einfach wieder in dein Auto und fahr über die Brücke dort. Sergeant Two Toes wird dir vielleicht folgen, vielleicht aber auch nicht. Er liebt Aufregung, wahrscheinlich ist er deswegen heute Morgen auch der kleinen Daisy gefolgt und nun ist er ein Held."

„In mehrfacher Hinsicht."

Er nickte. „Ja, du hast recht. Ich werde um die Scheune herumgehen, du fährst dort über das Kuhgitter und ich werde dich dort treffen."

Sie musste sich dazu zwingen, ihre Hand von seiner Taille zu nehmen, was beunruhigend war, doch sie ignorierte diesen Gedanken. Nachdem er seine Hand von ihrer Schulter gelöst hatte, ging sie zu ihrem Auto und ließ sich auf den Fahrersitz sinken. Sie kicherte, denn vor ihrem Fenster stand Sergeant Two Toes, er steckte sein Gesicht zu ihr herein und grinste sie an, wobei sein haariger Bart beinahe ihr Gesicht berührte.

Sie legte ihre Hand darauf und strich den Bart glatt, dann fuhr sie mit ihren Fingern zwischen den Hörnern über seine Stirn. Ihr Herz zog sich zusammen. „Okay, mein Großer. Es wäre gut, wenn du einen Schritt zurücktrittst. Ich werde langsam fahren, aber ich brauche trotzdem etwas Platz."

Als ob er jedes Wort verstanden hätte, trat er einen Schritt zurück, und dann fuhr sie über das Viehgitter zu dem Bereich neben dem Haus, wo schon andere Fahrzeuge parkten. Sie erblickte ein Tor, hinter dem sich eine Menge Ziegen befanden, große und kleine. Junge und alte. Sobald sie aus dem Auto stieg, stürmten sie auf den Zaun zu. Auf der Terrasse des Hauses standen eine Gruppe Cowboys und drei schöne Frauen, die allesamt lachten, als sie mitansahen, wie sie von der fröhlichen meckernden Meute begrüßt wurde.

* * *

Caleb hatte ein Problem.

Er hatte sich nicht davon abhalten können, seinen Arm um sie zu legen und sie hatte quasi als Antwort darauf einen Arm um seine Taille geschlungen und ihn liebevoll gedrückt. Da war es um ihn geschehen gewesen. Ja, so war es, er hatte sein Herz verloren, anders konnte man es nicht bezeichnen und er wusste das.

Er tanzte gern und genoss es, eine gute Zeit zu haben, aber er hatte nie irgendetwas in Betracht gezogen, das darüber hinausging. Er hatte beobachtet, wie sich seine Brüder und sein Cousin verliebten und bei allen dreien war dies überraschend geschehen. Aber trotzdem, *er?* Beinahe hätte er laut aufgelacht, so unwahrscheinlich erschien es ihm. Doch er lachte nicht; er hielt sich zurück. Er war der Letzte, der ans Heiraten dachte. Vielleicht eines Tages, irgendwann mal, doch das es ihm derart viel Freude bereitete, hier zu stehen und dieser entzückenden Frau dabei zuzusehen, wie sie aus ihrem Auto stieg und auf eine Ziegenherde zuging und das ihm dabei ein solcher Gedanke kam, *das* war unerwartet…

Er hatte auf ihrer Veranda gestanden und nicht genau gewusst, warum er die Tür anstarrte, die sie hinter sich geschlossen hatte, doch es hatte sich falsch angefühlt, nachdem er sie aus dem Sandloch gezogen hatte. Er hatte erwogen, sich irgendeinen Vorwand zurechtzulegen, eine Sache, bei der er ihre Hilfe brauchte, nur damit er bleiben und mit ihr reden konnte und sie ihm half, wie sie es angeboten hatte. Stattdessen war er zu seinem Truck gegangen und hatte sich ins Gedächtnis gerufen, dass er keine Frau brauchte.

Er tanzte gern mit ihnen, aber *brauchte* er eine? Das war kein Gedanke, der ihm jemals zuvor in den Sinn gekommen war, also war er zu seinem Truck gegangen und davongefahren. Doch seitdem ging ihm Jasmine nicht mehr aus dem Kopf. Ihm fiel ein, dass sie ebenso sehr gegen eine Beziehung war wie er. Das ließ sich nicht leugnen. Sie hatte in seine Augen geschaut und er hatte eine Bestürzung darin zur Kenntnis genommen, wie er sie niemals zuvor gesehen hatte. Aber diese Bestürzung hatte ihm auch verraten, dass da irgendetwas war.

Diese wunderschönen Augen hatten ihn so eindringlich angesehen, dass es ihn wie ein Dolchstoß getroffen hatte.

Ein Dolchstoß – ja, das war das richtige Wort. Was sollte er jetzt tun?

„Hallo". Es ist so schön, dass du zu uns rausgekommen bist", rief Genna, während sie die Stufen herunterkam und den Ziegen zum Tor folgte. Sie ging an den Tieren vorbei und öffnete das Tor, dann scheuchte sie sie ein Stück zurück, bevor sie Jasmine umarmte.

„Ich habe dich schon ein paarmal eingeladen, aber

du hattest immer zu tun, deswegen freut es uns umso mehr, dass es heute geklappt hat, an diesem bemerkenswerten Tag, an dem wir das Überleben meiner großartigen Freundin feiern können." Sie kicherte. „Und dann haben Sergeant Two Toes und Caleb ja nicht nur dich gerettet, sondern auch noch mein süßes, kleines Mädchen da drüben, Daisy Duke, deren Entschlossenheit, die Gegend zu erkunden, heute etwas durch Treibsand getrübt wurde. Neben ihr siehst du meine süße Nichte Hazel, die sie verwöhnt oder ihr vielleicht auch sagt, dass sie sich benehmen und aufhören soll, über den Zaun zu springen."

Sydney, Hazels Mutter, bahnte sich ihren Weg durch die Ziegen. „Es freut mich, dass du gekommen bist und ja, mein Kind war untröstlich, als es hörte, dass der neue kleine Esel heute beinahe gestorben wäre. Aber sie ist so dankbar, dass du sie gerettet hast…"

„Versucht habe, sie zu retten." Jasmine lächelte Sydney an. Sie waren Freunde und es machte sie glücklich, mitanzusehen, wie sehr das kleine Mädchen Daisy liebte. „Schlussendlich wurden Daisy und ich von all den großartigen Buckley Cowboys gerettet."

„Aber du hast damit begonnen", sagte Genna.

Sydney stimmte ihr zu. „Ja, das hast du, und nachdem wir Hazel erzählt hatten, was passiert war, erklärte sie uns, sie würde dafür sorgen, dass Daisy Duke weiß, dass sie von ganzem Herzen geliebt wird, sodass sie in Zukunft vielleicht nicht noch einmal über den Zaun springt, um draußen herumzulaufen und die Gegend zu erkunden. Ich wollte ihr nicht sagen, dass man sie manchmal nicht aufhalten kann, wenn sie das Bedürfnis verspüren, auf Entdeckungstour zu gehen, so wie Sergeant Two Toes da drüben…" Sie hielt inne, weil alle, die sich um sie herum eingefunden hatten, kicherten, sogar die Männer.

Die kleinen Ziegen umringten sie. Einige hatten sich auf ihre Hinterbeine erhoben und ihre Vorderfüße auf ihre Oberschenkel gestützt, und sie streichelte ihre kleinen Köpfe, konzentrierte sich aber auf das, was Sydney sagte.

„Manchmal kehren sie an einen Ort zurück, um ihn noch weiter zu erkunden. Die Jungs waren schon draußen, sie haben die rückwärtige Straße genommen, die du nicht einsehen kannst und haben einen Zaun um den Treibsand errichtet, sodass du dir keine Sorgen machen musst, das so etwas noch einmal geschieht."

„Gut zu wissen."

Genna rieb den Kopf der kleinen schwarz-weißen Ziege, deren Hufe auf ihrem Bein ruhten. „Man kann ihn nur mit einem sehr hohen Sprung überwinden, du brauchst dir also keine Gedanken machen, dass noch andere Tiere dort versinken könnten. Aber wenn es Daisy Duke erneut gelingt, von hier zu entwischen, dann besucht sie dich vielleicht. Und Sergeant Two

Toes wird ihr folgen, denn offensichtlich passt er auf sie auf. Das merkt man bei ihm nicht immer, aber genau das tut er. Stimmts?" Sie sah die Männer an.

Ihr Mann West, der sich hinter sie gestellt hatte, schlang seine Arme um seine Frau und drückte sie. „Sergeant Two Toes ist unser Wächter. Manchmal denkt man, er tut nichts anderes, als über die Felder zu streifen und wachsam dort herumzustehen, so als ob er sich nicht gerne in der Nähe von Menschen oder anderen Tieren aufhielte. Doch wir haben gelernt, dass er nach Problemen Ausschau hält. Er hat uns schon darüber informiert, wenn sich ein Kalb in Schwierigkeiten befand und uns zu ihm geführt, so wie er heute früh unseren Bruder zu dir geleitet hat, worüber wir sehr dankbar sind. Wie du dir denken kannst, lieben wir Sergeant Two Toes, der nach seinen Füßen benannt wurde." Alle lachten und sie fiel mit ein. „Diese Füße tragen ihn überall hin und er trägt eine Menge Verantwortung, daher ist das ein toller Name für ihn."

Jasmines Herz erwärmte sich für diese Familie und sie blickte über ihre Schulter zu Caleb, der am Tor stand und sich etwas im Hintergrund hielt und seiner Familie offensichtlich Zeit gab, sie willkommen zu heißen.

Sie lächelte ihn an und spürte ein Glücksgefühl bis hinunter in ihre *zehn* Zehen.

KAPITEL NEUN

Caleb war froh, dass seine ganze Familie Jasmine so herzlich willkommen hieß, dass er einen Moment für sich hatte, einen Moment, den er dafür nutzte, den Kopf wieder freizubekommen. Denn darin schwirrten jede Menge Gedanken umher, die dort nicht sein sollten.

Nein, er würde sich auf sich selbst besinnen, den Mann, der glücklicherweise eine junge Frau gerettet hatte und vielleicht noch einmal mit ihr tanzen würde – wenn sie das denn wollte. Doch das war's.

Jasmine sprach ein paar Minuten lang mit allen, dann schweifte ihr Blick zu den Ziegen, die um sie herumstreiften. Er beobachtete, wie sie sanft begann, ihre Köpfe zu streicheln, wenn sie sie anstupsten, um Aufmerksamkeit zu erregen. Er lächelte und sah deutlich, wie sehr sie den Moment genoss.

Der Hof, der sich rund um das alte Bauernhaus erstreckte, war riesig und von ihren Großeltern für die

Ziegen angelegt worden. Er diente den Tieren als Raum zum Spielen und Toben und schloss den Platz zwischen dem Haus und der gewaltigen, alten, roten Scheune mit ein. So war es schon damals gewesen und so war es heute noch. Der hohe Zaun, der das Areal umgab, sollte dafür sorgen, dass die Ziegen in diesem Bereich blieben. Doch nicht immer gelang das. Ziegen kletterten und sprangen gern, steckten voller Neugierde und manchmal gelang einer die Flucht. Aber auch der kleine Esel war entkommen und der konnte nicht springen. Daisy Duke war im Grunde genommen eine etwa einen Meter hohe und einen Meter lange kleine Entdeckerin.

Er wusste, dass West und Genna den Hof wahrscheinlich bereits nach der Stelle abgesucht hatten, durch die der kleine Esel entfleucht war. Die beiden älteren, normal großen Esel versuchten nie zu fliehen und genossen es, Teil des Vergnügens der Ziegen zu sein. Gerade als er das dachte, sprangen auf der anderen Seite des Hofes zwei Ziegen auf den Rücken des einen Esels und eine andere Ziege auf den Rücken des anderen.

„Oh, seht nur!" Jasmine schnappte nach Luft und alle lächelten, als sie sich umdrehten und genau das sahen, was sie erwartet hatten. Ihr Gast hatte zum ersten Mal beobachtet, was für sie ganz alltäglich war. Die Ziegen liebten es, auf alles draufzuspringen, einschließlich Eselrücken.

„Sie spielen gerne auf den Eseln", sagte Caleb.

„Ja", fügte Genna hinzu. „Schau nur, wie ruhig die sind. Den Eseln gefällt es, einfach nur herumzustehen und die Ziegen auf ihren Rücken herumklettern zu lassen. Vorher haben sie auf ihrem Spielplatz das Klettern erlernt. Dort haben sie weder Berge noch unwegsames Gelände, doch für sie ist es trotzdem aufregend. Manchmal versuchen sie sogar, sich gegenseitig von den beiden älteren Eseln zu stoßen, aber bisher haben sie bei Daisy Duke nichts dergleichen versucht. Sie steht nicht lange genug an einem Fleck und besonders groß ist sie auch nicht. Sie gehörte zu einer Gruppe von Tieren, die in Krankenhäusern eingesetzt wird, um die Patienten aufzumuntern, aber das passt nicht recht, weil sie zu neugierig ist. Sie bleibt nicht lange genug an einem Ort stehen, damit die Patienten sie streicheln können, deshalb haben wir sie aufgenommen. Und scheinbar mag sie auch keine Einfriedungen. Sieh nur, sie ist müde. So wie du es warst – bist du immer noch müde?"

„Mir geht's besser, aber ich habe immer noch nicht meine gesamte Energie zurück. Du willst mir also sagen, dass dieses ruhige liebe Mädchen, das ich dort sehe, nicht die normale Daisy ist?"

Genna lachte. „Nein, Daisy Duke mischt alles auf,

wenn sie beschließt, den Kopf in den Nacken zu werfen und so laut zu rufen, wie sie kann. Du kannst Ziegen in allen Stimmlagen meckernd herumrennen sehen, wenn sie ihrer Stimme Gehör verschafft. Wir denken, sie hat inzwischen gelernt, welche Reaktion sie damit provoziert, und macht zu ihrem Vergnügen extra viel Lärm. Vielleicht werden wir ein neues Zuhause für sie suchen müssen."

Caleb warf einen Blick zu Jasmine, die lächelnd seiner kleinen Nichte Hazel und Daisy Duke entgegensah, die über den Hof auf sie zugelaufen kamen. Sein Herz klopfte noch heftiger, als er den Ausdruck in ihren Augen bemerkte mit dem sie das junge Mädchen und den possierlichen Esel betrachtete.

„Hallo." Hazel blieb vor ihnen stehen und strahlte Jasmine an. „Ich bin Hazel und ich muss dir einfach dafür danken, dass du Daisy Duke gerettet hast. Ich liebe dieses entzückende kleine Mädchen und verspreche, dass sie nie wieder in Treibsand geraten wird. Ich werde versuchen, ihr beizubringen, vorsichtiger zu sein, wenn ich komme, um mit ihr zu spielen. Du musst sie nicht noch einmal irgendwo rausholen und dabei riskieren, zu versinken. Meine Mama und mein neuer Papa haben mir erklärt, wie gefährlich das ist. Bleib also lieber draußen. Wirf Dinge hinein, wenn es sein muss, aber am besten ist es, Hilfe zu holen.“

Alle grinsten, als das kleine Mädchen verdeutlichte, wie man jemandem half, ohne dabei selbst zu Schaden zu kommen. Schnell geriet man in gefährliche Situationen, die auf den ersten Blick nicht als solche erkennbar waren. Treibsand kam nicht nur an den dafür bekannten Stellen vor; nein, er konnte sich auch dort bilden, wo sich das Wasser eines Flusses sammelte oder Wasser aus einem Fluss in einen Teich floss. Aus irgendeinem Grund wurde es an manchen Stellen vom Untergrund aufgesogen, und wenn dort unterirdisch Wasser floss und sich ein Erdloch bildete, wurde es gefährlich.

„Ich freue mich sehr, dich kennenzulernen und bin auch äußerst glücklich darüber, dass ich Daisy helfen konnte. Ich versichere dir, meine Kleine, dass ich mich nicht noch einmal in eine solche Situation begeben werde. Ich habe gesehen, wie dein Onkel Caleb genau das Richtige getan hat, indem er einen Haufen lange, kräftige Äste auf den Boden gelegt hat und sie so positioniert hat, dass ich mich an ihnen festhalten konnte. Solltest du in Treibsand geraten, würde ich dir trotzdem nachlaufen, aber ich würde es so machen wie er, damit ich beim Versuch, dich rauszuholen, nicht steckenbleibe, so wie es mir heute ging, als ich Daisy helfen wollte. Ich würde es so machen wie er und Hilfe anfordern."

Das stimmte. Sie hatte darüber nachgedacht und würde nicht noch einmal in eine solche Situation geraten. Sie hätte dem Esel vielleicht auch anderweitig helfen können, das Problem war, dass sie nicht gewusst hatte, was sich da vor ihr befand. Sie hätte etwas gründlicher darüber nachdenken sollen, denn der kleine Esel hatte mit einem gewaltigen alle Zähne zeigenden Lächeln zu ihr hochgestarrt, das so aussah, als befände er sich in Gefahr. Das allein hätte sie schon zu mehr Vorsicht mahnen sollen.

Plötzlich fiel ihr auf, dass ihr das nicht zum ersten Mal in ihrem Leben passierte. Sie hätte die Warnzeichen erkennen können, bevor sie sich von einem Tänzer dazu verleiten ließ, mit ihm zusammenzuarbeiten. Sie waren dagewesen, doch sie hatte sich trotzdem in diese Situation begeben und zugelassen, dass ihr das Herz zerrissen wurde… in mehr als einer Hinsicht. Sie hatten sich verlobt und den Wettbewerb gewonnen und sie war immer tiefer in diese Situation hineingezogen worden…

Dieses liebe, kleine Mädchen, das seinen Vater verloren hatte, bevor sie nach Lone Star gezogen waren, hatte hier einen neuen Vater gefunden, einen, der die Stelle des alten eingenommen hatte und ihr dabei half, die Erinnerungen an ihn am Leben zu erhalten. Sie hatte ihr neues Leben akzeptiert und ihrer Mutter dabei geholfen, dasselbe zu tun.

Jasmine bückte sich und blickte erst Hazel und dann Daisy an, dann legte sie einen Arm um das Mädchen und ihre Hand auf Daisys Stirn und rieb die Stelle zwischen ihren Ohren. Daraufhin stieß Daisy ein Ih-Ah aus, etwas, dass nicht möglich gewesen war, als sie im Schlamm festgesteckt hatte. Die kluge Eselin hatte verstanden, dass sie zu tief hineingeraten war; wenn Jasmine nicht von Sergeant Two Toes zu ihr geführt worden wäre, wäre jede Hilfe für sie zu spät gekommen.

In Jasmines Beziehung hatte es Warnzeichen gegeben und doch war sie zu tief hineingeraten.

„Hazel, ich habe heute eine Lektion gelernt. Ich habe gelernt, dass es manchmal besser ist, wegzugehen, als zu tief in etwas hineinzugeraten und dann kämpfen und mit den Armen und Beinen rudern zu müssen. Und du hast meinen wundervollen Tag noch besser gemacht."

Hazel schlang ihre Arme um sie und drückte sie fest.

„Ich habe meinen Daddy verloren, und ich liebe ihn sehr und weiß, dass er möchte, dass ich anderen dabei helfe, durch schlimme Sachen zu kommen. Ich bin noch ein kleines Mädchen und lerne noch und weiß nicht, was dir passiert ist, aber du lernst auch noch." Sie streckte ihre Hand aus und schlang ihren freien Arm um Daisy Duke. Der Esel trat einen Schritt vor und legte sein Kinn auf Jasmines andere Schulter, als Hazel sie erneut ansah.

„Wir sind beide froh, dass du jetzt zu uns gehörst. Deine Mama wohnt in unserer Pension und ich habe sie mit ihren Freundinnen reden hören, als ich mit meinen Ziegen spielte, während sie auf der Terrasse saßen. Sie hat gesagt, dass sie sich Sorgen um dich gemacht hat, nachdem dieser tanzende Mann dich benutzt hat, um die Meisterschaft zu gewinnen, und anschließend diesem anderen Mädchen nachlief.“

Jasmines Herz zog sich zusammen, als Hazel zu ihrer Mutter aufblickte. „Es tut mir leid, dass ich ihre Unterhaltung belauscht habe, Mama, aber ich konnte einfach nicht anders. Sie wussten nicht, dass ich gleich um die Ecke war.“

„Ist schon okay, du kannst nichts dafür, dass du dort gespielt und sie versehentlich gehört hast.“

Sydney streckte ihrer Tochter die Arme entgegen, und Jasmine ließ sie los und sah mit an, wie Hazel in die Arme ihrer Mutter lief.

Es berührte Jasmine, die beiden so zu sehen. Sie hatten viel Schlimmeres durchgemacht als sie selbst.

Es traf sie wie ein riesiger Felsbrocken, der einen Berg herunterrollte: Sie war benutzt worden, warum hatte sie zugelassen, dass dies ihr Leben beherrschte? Diese beiden hatten den Mann verloren, den sie liebten. Sie hatten ihn geliebt und es war ihnen trotzdem gelungen, wieder nach vorn zu schauen und ihr Leben anzugehen. Mutig waren sie in diese Stadt gekommen, sie hatten sich mit wunderbaren Menschen angefreundet und das hübsche Bed & Breakfast eröffnet, in das ihre Mutter immer mit all ihren Freundinnen kam, wenn ein Tanz stattfand. Sydney hatte getan, worauf ihr Großvater gehofft hatte, als er ihr nach dem Tod ihres Ehemannes das große Haus hinterlassen und ihr so einen Neuanfang in dieser süßen kleinen Stadt ermöglicht hatte.

Ihre Mutter hatte durch Gennas Laden den Weg in die Stadt gefunden; sie hatte sich in das Angebot von Gennas Online Shop verliebt und übernachtete nun immer im B&B. Ihre Gedanken drehten sich, als sie an all das dachte. Hier war sie nun, inmitten all dieser wunderbaren Menschen, und hing immer noch in ihrer dummen, verrückten Vergangenheit fest. Und dachte an den Mann, der sie benutzt hatte, um einen Wettbewerb zu gewinnen.

Sie war darüber hinweg. Fertig. Wenn dieses Kind seinen tiefen Schmerz loslassen konnte, dann konnte auch sie ihre Wut hinter sich lassen und mit offenem Herzen aus ihrem Versteck hervorkommen. So als hätte ihr Leben plötzlich neu begonnen, kam die Sonne hinter einer Wolke hervor. Es war schon vorher ein wunderschöner Tag gewesen, doch jetzt strahlte die Sonne zu ihnen herab. Sie lächelte, umarmte Daisy Duke, küsste sie zwischen die Augen und stand dann auf, während ihr Blick zu Caleb wanderte. Er sah überrascht aus, als er ihr Lächeln sah – wahrscheinlich wusste er nicht, was er da sah, aber sie hoffte, dass er sehen konnte, dass sie frei war. *Frei.*

* * *

Caleb wusste, dass irgendetwas Grundlegendes in Jasmines Kopf vonstattengegangen war. Er hatte gesehen, wie sich ihre Augen veränderten, sie hatten mit einem Mal geglänzt und er hatte vermutet, ihr wären Tränen in die Augen getreten. Doch dann hatten ihre Augen zu funkeln begonnen, als wäre in ihnen die Sonne aufgegangen. Als sie den Esel umarmte, dann aufstand und seinem Blick begegnete, da spürte er deutlich, dass eine Veränderung stattgefunden hatte und er hätte zu gern gewusst, welcher Art diese war.

Doch er sagte nichts.

Wie auf Kommando ergriff grinsend sein Bruder das Wort. „Okay, es ist toll, dass ihr alle hier seid. Lasst uns jetzt reingehen und essen. Die Ziegen lassen wir hier draußen spielen, so wie sie es am liebsten tun, aber ich habe Hunger. Wie sieht's bei euch aus?" Unter allgemeiner Zustimmung ging er ihnen voran zum Haus.

Caleb musste seine Hand einfach auf Jasmines unteren Rücken legen, als er mit ihr die Stufen hinauf und durch die Tür ging, die sein Bruder ihnen aufhielt. Er begegnete dessen Blick. Oh ja, West wusste, dass Caleb etwas erlebte, das er noch nie zuvor in seinem Leben erlebt hatte. Jetzt wusste er, wie es seinen Brüdern, die sich vor Kurzem verliebt hatten, ergangen war... Er, der glücklich tanzende Cowboy, unbekümmert und ungebunden, der seine Arbeit liebte und nicht plante, sich zu binden, erkannte plötzlich, dass man manchmal jemandem begegnete und alles andere verblasste.

Nachdem sie das Haus betreten hatten und durch einen Raum in den Essbereich gegangen waren, deutete Caleb auf ein großes Bild ihrer gesamten Familie. „Dieses Bild zeigt unsere ganze Familie, als wir noch jünger waren. Das dort drüben ist mein Großvater. Das sind mein Onkel und meine Tante, die Eltern von Ace und Hunter, die beiden kleinen Kerle stehen genau vor ihnen. Sie haben ihre Eltern früh verloren und sind im Grunde wie unsere Brüder – wir haben sie beansprucht. Und da siehst du meine Eltern, umgeben von mir und meinen Brüdern, du hast sie glaube ich schon mal bei einer der seltenen Gelegenheiten kennengelernt, als sie zu einem der Tänze in die Stadt kamen." Er grinste. „Zu besonderen Anlässen kommen sie her, aber sie reisen inzwischen ziemlich viel und meine Brüder, meine Cousins und ich kümmern uns um die Ranch."

Ihre Augen glänzten heller als zuvor und kamen ihm klarer vor als sie ihn… *mutmaßend* ansah?

„Ich mag eure Tiere und deine wunderbare Familie. Deine Eltern habe ich bei Wests und Gennas Hochzeit kennengelernt." Sie lächelte. „Du hast das Lächeln deines Vaters."

Sein Lächeln breitete sich langsam aus und sein rechter Mundwinkel wanderte nach oben. „Ja, so verwegen wie nur irgendwas."

„Das sieht nur so aus, im Inneren bist du anders", sagte sie und Wellen der Freude durchfuhren ihn.

„Wenn sie das nächste Mal in der Stadt sind, werde ich dafür sorgen, dass du zu einem Familienabend auf die Ranch eingeladen wirst."

West kam auf sie zu und klopfte ihm auf die Schulter. „Ja, also willkommen in der Familie." Er grinste und sah von Jasmine zu Caleb. „Ist hier irgendetwas im Busch, wovon ich wissen sollte? Hochzeitspläne zum Beispiel?"

Er stieß seinem Bruder einen Ellbogen in die

Rippen. „Hey Alter, ich lade sie gerade zum Abendessen ein, wenn Mom und Dad wieder zu Hause sind." Das Grinsen, mit dem sein Bruder ihm *Alles klar* signalisierte, verriet ihm, dass dieser genau wusste, was er getan hatte.

„Ich liebe deine Familie", sagte Jasmine, ein Lachen lag im Klang ihrer Worte. „Bevor ich hierhergezogen bin, war ich oft allein unterwegs. Mein Abstecher in den Treibsand heute Morgen war ein Weckruf." Sie sah die beiden an. „Ich steckte quasi in Treibsand fest, seit ich angekommen bin, doch als das nun tatsächlich der Fall war und die Wahrscheinlichkeit groß, dass ich dort nicht lebend herauskomme, da wachte ich auf. Deshalb bin ich, so seltsam das auch klingen mag, äußerst dankbar für diesen Morgen. Es war wie ein Weckruf für mich, dort draußen mit der lieben Daisy Duke und dem erstaunlichen Sergeant Two Toes zu sein, der das Problem erkannte und hilfesuchend davongaloppierte, was ein echter Segen war. Also wird das ruhige, zurückhaltende Mädel, das ihr bisher kanntet, nun aus ihrem Versteck hervorkommen. Vielleicht werdet ihr mich bald nicht mehr wiedererkennen."

Verblüfft vernahm er ihre Worte und sah, wie ihre Augen tanzten. Er freute sich mit ihr und der Gedanke daran, erneut mit ihr zu tanzen, erzeugte ein Kribbeln in seinem Inneren. „Ich werde schon jetzt anmelden, dass ich beim nächsten Stadttanz, der in drei Wochen stattfinden wird, gern den ersten Tanz mit dir tanzen würde."

West lachte. „Okay, okay, lasst mich euch kurz etwas verraten. Es freut mich, dass du hinter dir lässt, was immer du erlebt hast. Das ist stets eine wunderbare Sache und nicht immer einfach; deshalb ist es gut, dass der Treibsand dich aufgeweckt hat. Es ist ein großartiges Leben hier draußen, das kann ich dir sagen – ein wirklich erstaunliches Leben, wenn man offen für Veränderungen und neue Menschen in seinem Leben und Herzen ist. Aber ich möchte nicht zu weit vorweggreifen, denn ich weiß nicht wirklich, was hier vor sich geht", sein Blick umfasste sie beide, „aber ihr wisst sicherlich, dass unsere Stadt nicht die einzige ist, in der getanzt wird. Es gibt viele Orte, an denen man tanzen kann, also sollte mein Bruder dich vielleicht mal irgendwohin zum Tanzen mitnehmen. Wenn du das willst."

Ihr Blick hatte sich verändert, sie hatte den Mund geschlossen und sah mit einem Mal etwas nachdenklich drein. „Weißt du, ich bitte dich nicht darum, mich auf ein Date auszuführen, Caleb, aber ich glaube, das wäre eine wunderbare Idee. Wie du gesehen hast, kann ich tanzen, aber es ist eine Ewigkeit her. Die beiden Tänze mit dir… es ist schon lange her, seit ich getanzt habe und es würde mir Spaß machen, wieder entspannt zu tanzen."

Oh Mann, er musste einen Jubelschrei unterdrücken, als er den Kopf neigte und ihr direkt in die Augen blickte. „Nun, ich sage dir etwas – ich plane etwas für nächsten Freitag. Ich suche einen schönen Ort raus. Aber wie du weißt, leben wir etwas abgeschieden, wir werden also ein Stück mit dem Auto fahren müssen. Ich werde dich gegen sechs abholen, nach der Arbeit. Dann haben wir für die Fahrt etwa eine Stunde und sind zum Abendessen und Tanzen dort und anschließend sorge ich dafür, dass du noch vor Mitternacht wieder zu Hause bist." Meine Güte, er klang, als würde er eine Highschool-Schülerin um ein Date bitten.

„Ich finde, das klingt großartig."

Großartig. Ihr Wort hallte durch seinen Kopf. Ja, es klang großartig und er gewöhnte sich besser an diesen Gedanken. Es war das erste Mal seit langer Zeit, dass er ein Mädchen um ein Date gebeten hatte.

KAPITEL ZEHN

Nachdem sie und Caleb das Date für Freitagabend vereinbart hatten, fiel Jasmine auf, dass er etwas zurückhaltender war, aber das konnte auch Einbildung sein. Vielleicht lag es auch einfach daran, dass seine Familie unglaublich lustig war. Nach dem Abendessen waren sie nach draußen auf die Veranda gegangen, um den Ziegen beim Spielen zuzusehen. Sie ging die Stufen hinunter und setzte sich neben Genna und sofort wurde sie von Ziegen umringt – allen voran den Ziegenbabys. Sie tobten und spielten vor ihren Augen und dann trottete die süße Daisy Duke zu ihr, setzte sich neben ihr auf ihr Hinterteil und lehnte zu Jasmines Überraschung ihren kleinen Eselkopf an ihre Schulter.

„Sieht so aus, als würde dich Daisy Duke lieben." Sydney sah sie grinsend an. „Das winzige Mädchen weiß, dass du ihr das Leben gerettet hast. Ich glaube, sie wird dir auf immer treu ergeben sein."

„Stimmt", meinte nun auch Genna. „Sie ist nicht

wie unsere anderen Esel, wisst ihr? Die sind größer und lieben es, wenn die Ziegen auf ihrem Rücken herumspringen. Aber sie duldet das nicht und besonders hoch über dem Boden wären die Ziegen so ohnehin nicht. Ich hatte ja schon erwähnt, dass ich möglicherweise ein neues Zuhause für sie finden muss."

Jasmine schnappte nach Luft. „Ja, aber meintest du das ernst? Dass du sie vielleicht loswerden willst?"

„Naja, nein, nicht so. Ich würde ein gutes Zuhause für sie suchen. Einen Ort, an dem sie sicher wäre und von dem sie nicht abhauen könnte. Wir haben eine kleine Stelle im Zaun entdeckt, durch die sie entkommen ist. Sie hat das schon ein paar Mal gemacht, aber wir haben erst jetzt herausfinden können, wo sie hindurchschlüpft. Sie liebt es, herumzuwandern. Anscheinend fühlt sie sich gerne frei und mag es nicht, eingesperrt zu sein. Sie möchte mehr Platz, trotz des großen Hofs."

Jasmine streckte die Hand aus und rieb den Hals ihrer kleinen Freundin. Daisy blickte unverzüglich zu ihr auf und grinste leicht.

„Wenn ich durch die Gegend fahre, sehe ich oft Esel auf den großen Weiden, die mit den Kühen umherziehen. Kann sie das nicht tun? Ich weiß, sie hat sich heute auf den Weg zu meinem Haus gemacht und ist dabei zufällig in Treibsand geraten. Aber wenn es eine Weide gäbe, auf der das ausgeschlossen werden kann… wäre es dann nicht möglich?"

Sydney und Genna blickten einander an und lächelten sie dann an. „Ja, das könnte sie tun", sagte Genna. „Aber sie ist nicht so groß wie die meisten Esel, falls es dir noch nicht aufgefallen ist." Sie grinste. „Sie ist ein Zwergesel. Und die Esel sind deswegen dort draußen bei den Rindern, weil sie großartig zutreten können und so die Rinder und ihre Kälber vor Wölfen beschützen. Sie sind wahre Karate-Meister – wenn ihnen die falsche Kreatur über den Weg läuft, treten sie zu und der Angreifer verliert das Bewusstsein. Aber ich glaube nicht, dass unsere Kleine dazu in der Lage ist. Ich mache mir vielmehr Sorgen, dass sie selbst von Wölfen angegriffen werden könnte. Und Berglöwen gibt es zu allem Überfluss auch noch. Man sieht sie nicht allzu häufig, aber Sydney kann dir bestätigen, dass sie sich hier herumtreiben."

„Im Ernst? Ah, ich hatte gehört, dass ein Berglöwe gesichtet wurde und dass das dir und Dustin geholfen hat, zueinander zu finden, richtig?"

Sydney lächelte. „Ja. Weißt du, manchmal wird man verkuppelt, von Freunden zum Beispiel, die einen mit jemandem zusammenbringen, den sie kennen und das kann wunderbar sein oder die reinste Katastrophe. Dustins und mein Kuppler war ein Berglöwe, der auf dem Grundstück meines Großvaters herumstreifte, als ich und Hazel in die Stadt zogen. So lernte ich Dustin kennen. Er ist aber nicht mehr in der Gegend. Wenn man sich ein bisschen mit ihnen beschäftigt, findet man heraus, dass sie ein bestimmtes Gebiet bewohnen, das äußerst weitläufig sein kann – er kann also eines Tages wieder auftauchen, wenn er den Rest seines Territoriums erkundet hat, wer weiß. Sie sind in der Lage, ausgewachsene Rinder zu töten, deshalb würde ich mich um einen kleinen, frei herumlaufenden Esel sorgen, der so süß und nett ist wie Daisy Duke. Genau wie Genna fühle ich mich wohler bei dem Gedanken, dass sie sich in diesem umzäunten Hof aufhält."

Jasmines Kopf drehte sich und ihr Herz raste. Sie fühlte sich dem kleinen Esel verbunden und der Gedanke, dass man sie woanders hinschicken könnte, gefiel ihr nicht. „Ich wohne da draußen in der kleinen Hütte, und habe gerade daran gedacht, dass du mal überlegt hattest, dort Zäune zu errichten, damit du Ziegen halten kannst. Doch dann hast du West geheiratet und damit hatte sich dieser Gedanke erledigt. Und, Sydney, du hast doch all diese Ziegen für Hazel – wäre da ein kleiner Esel nicht auch sehr schön?"

„Du hast recht. Das könnte ein guter Ort für sie sein, aber wie du siehst, mag sie es nicht, eingesperrt zu sein. Als du angekommen bist, hat Hazel mit ihr gespielt. Ist dir aufgefallen, dass sie direkt am Zaun stand? Sie geht ihn ständig auf und ab und stupst ihn mit der Nase an, als suche sie nach einer Schwachstelle. Wir haben es alle bemerkt und Hazel macht sich schon Sorgen deswegen. Ich weiß nicht recht, ob sie sich bei uns wohlfühlen würde… mit all den Leuten und den vielen Zäunen, damit sie nicht abhaut."

„Also… aber…" Sie stammelte, weil ihr Kopf etwas wollte, ihr Herz aber etwas anderes. Ihr Kopf schrie: *Tu es nicht; du hast keinen Platz für sie; du kannst sie nicht behalten* und ihr Herz sagte: *Nimm sie; gib ihr ein Zuhause.*

„Schau nicht so verstört", sagte Genna. „Ich kann dir versichern, dass wir nichts tun werden, ohne genau zu wissen, wo wir sie hinschicken und dass es dort sicher für sie sein wird."

„Okay. Ich weiß." Sie kratzte Daisy Duke zwischen den Augen und schaute in die großen alten Augen, in die sie gestarrt hatte, als sie beide im Treibsand festgesessen hatten. Nur die Augen und die Nase der Eselin hatten noch aus dem Treibsand geragt und sie hatte ihr Maul keinen Millimeter geöffnet, weil sie wusste, dass ihr sonst der Sand hineinlaufen würde. Sie hatte sich darauf verlassen, dass ihre Finger ihre Nase über dem Treibsand hielten. Sie hatte ganz still dagestanden, weil sie erkannt hatte, dass sie noch tiefer sinken würde, wenn sie sich bewegte. Und das gab den Ausschlag.

Mit Tränen in den Augen blickte sie ihre Freunde an. „Ich nehme sie. Ich werde einen geeigneten Ort finden. Ich werde einen Ort finden, an dem ich einen weitläufigen, hohen Zaun errichten kann... ihr wisst schon, so einen, der Rehe fernhält, einen, der alles draußen hält. Ich werde ihr ein riesiges Gehege bauen, damit sie sich frei bewegen kann und sich nicht eingesperrt fühlt. Und ich werde ein paar Freunde für sie besorgen. Ich werde mich darüber informieren, was sie mögen. Ich werde noch ein paar weitere Zwergesel für Daisy kaufen – das wird lustig, wenn ich mehrere kleine Esel habe, die wie die Ziegen hier miteinander spielen." Die Worte sprudelten nur so aus ihr heraus, aber als sie ihre Gedanken aussprach, wusste sie, dass sie genau das tun wollte, und lächelte breit. „Ehrlich gesagt hatte ich noch nie ein Haustier und dieses kleine süße Mädchen hier ist auch nicht mein Haustier – sie ist meine Freundin. Ich kaufe sie dir ab, aber schick sie bitte nicht weg. Ich werde mir etwas überlegen."

„Etwas überlegen?"

Sie blickten auf und da stand Caleb, den Blick auf sie gerichtet. Sie wusste, dass er die Tränen sah, hoffte aber, dass er erkannte, dass es keine traurigen Tränen waren; es waren Tränen der Freude. Sie würde einen Esel haben.

„Nun, Genna und Sydney haben mir erzählt, dass die kleine Daisy Duke hier nicht her passt und dass sie ihr wahrscheinlich ein neues Zuhause suchen müssen. Und wenn sie nicht Nein sagen, werde ich ihr ein neues

Zuhause geben."

„Wirklich?"

„Ja. Ich habe heute Morgen dabei mitgeholfen, die Kleine zu retten, aber sie… nun ja, ihr könnt euch nicht vorstellen, wie sehr sie mir in Bezug auf mein Leben geholfen hat. Ich möchte sie nicht verlieren und habe das Gefühl, dass wir glücklich sein könnten, wenn ich nur einen ausreichend hohen Zaun errichten kann."

Sie starrte zu Caleb hoch und dann wurde ihr etwas klar. „Meinst du, dass du mir dabei helfen könntest, einen hohen Zaun zu errichten, der den kleinen Esel vor Berglöwen schützt, die hier herumstreunen können, wenn ich verspreche, die Hütte noch für eine Weile zu mieten?" Als sie zu Caleb aufblickte, wurde sein Lächeln breiter und das erfüllte sie mit Freude.

„Liebling, das kann ich machen. Auf jeden Fall kann ich das."

* * *

Caleb hätte beinahe einen Salto geschlagen, was Hazel ziemlich oft tat. Der kleine Wildfang sprang oft mit den Ziegen übers Feld und schlug dabei einen Salto nach dem nächsten, was ein lustiger Anblick war. Beinahe hätte er versucht, es ihr gleichzutun, als er in diese erstaunlichen goldenen Augen blickte. Wenn er einen Zaun bauen würde, einen hohen Zaun, der groß genug war, um dem kleinen Esel genug Platz zum Herumlaufen zu bieten, dann bedeutete das, dass er viel Zeit in Jasmines Nähe verbringen würde. Er würde dort arbeiten und vielleicht auch sonst Zeit mit ihr verbringen können. Sie lächelte zu ihm empor, nachdem er zugestimmt hatte ihr zu helfen.

„Danke. Also was sagt ihr?" Sie blickte seine beiden Schwägerinnen an.

Die beiden grinsten. Ihre Blicke wanderten von ihm zu ihr und er wusste, was sie dachten. Doch das störte ihn nicht. Er dachte das Gleiche – vielleicht sollte es so sein, die Ziegen und alles, was vor sich ging. Vielleicht waren er und diese schöne Frau füreinander bestimmt.

„Ich würde sagen, es ist beschlossene Sache", meinte Genna.

Sydney nickte. „Oh ja, ich denke, es wird großartig. Wir haben diese Zäune errichtet, die genau richtig für unsere kleinen Ziegen sind, aber eins weiß ich, Caleb und seine Brüder haben schon so viele Zäune gebaut, dass er weiß, was es braucht, um die süße Kleine hier in Schach zu halten. Mir gefällt deine Idee. Auf dieser Ranch gibt es schon Ziegen und Esel, die mit der Vergangenheit unserer Männer zusammenhängen – ihre Großmutter liebte diese Tiere und ich wäre bereit zu wetten, dass sie das kleine Eselmädchen, dass ihren Kopf an deine Schulter lehnt, ebenfalls sofort ins Herz geschlossen hätte. Sie schaut dich mit ihren großen

Augen an, als wärst du ihre Mama. Das ist alles so aufregend – auf unserer Ranch wird es nicht nur Rinder, Pferde, Ziegen und Esel geben, die gerne mit den Ziegen spielen. Wenn du es wirklich so machst, wie du gesagt hast, dann wird es künftig auch eine Herde Mini-Esel geben, die viel Platz zum Herumstreifen haben, wenn Caleb nur die nötige Zeit findet, sich an die Arbeit zu machen."

Caleb sah das Funkeln in ihren Augen und wusste, dass sie ihn anspornte. Er hatte das Gefühl, dass jeder sehen konnte, dass sich etwas in ihm verändert hatte. Der Typ, der immer gern mit jedem Mädchen getanzt und sich nie mit einem näher beschäftigt hatte, hatte nun ein bestimmtes in Auge gefasst. Und wenn es Zwergesel brauchte, um ihr näherzukommen, dann würde er sich um sie kümmern. „Wir können am Freitag, wenn wir tanzen gehen, darüber reden."

„Ihr geht tanzen? Ihr geht irgendwo anders tanzen?" Genna grinste und blickte von einem zum anderen.

Jasmine sah ein wenig erschrocken aus. Offensichtlich war er etwas voreilig gewesen. „Nun, ich habe sie gefragt, ob sie Lust hätte, Freitagabend mit mir tanzen zu gehen und sie hat Ja gesagt."

„Und genau das werde ich tun." Jasmines goldene Augen funkelten.

Wo er einst nur Abwehr gesehen hatte, war jetzt

etwas anderes, das sein Herz zum Klopfen brachte.

„Na dann –" Beinahe hätte er *Liebling* gesagt. Das war ihm zuvor schon herausgerutscht, als er nicht darüber nachgedacht hatte, doch er beschloss, sie nicht zu drängen, daher hielt er sich zurück. „So machen wir's. Wir gehen tanzen; wir werden zu Abend essen und uns über den Bau eines Geheges für Zwergesel austauschen. Ich mag die Idee. Allerdings glaube ich, dass wir ein Problem bekommen könnten. Seht ihr, wie Sergeant Two Toes dort am Zaun steht und alles beobachtet, was vor sich geht? Das ist für ihn eher ungewöhnlich. Normalerweise kommt er nicht so häufig ins Innere der Gehege. Aber er mag den kleinen Esel. Ich glaube, er hat das Gefühl, ihn beschützen zu müssen, es kann also sein, dass du ab und zu Besuch bekommen wirst."

Ihr Lächeln wurde breiter. „Das würde mir, wie du weißt, ausgesprochen den Tag versüßen."

Und sie hatte ihm den Tag versüßt. Er hoffte, dass sie irgendwann ein fester Bestanteil seiner Zukunft sein würde. Er sah sie deutlich vor seinem inneren Auge – er wollte, dass sie ein Teil seines Lebens wurde. Er war verliebt und kannte sie doch kaum.

* * *

Caleb hatte darauf bestanden, ihr nach Hause zu folgen

und sicherzugehen, dass sie wohlbehalten ankam und Jasmine hatte es zugelassen, weil sie gern noch ein paar weitere Minuten in seiner Gegenwart verbrachte.

„Genna ist mir mit ihrer Einladung zuvorgekommen, aber es freut mich wirklich sehr, dass du gekommen bist. Meine Familie hat es genossen, dich besser kennenzulernen, und ich glaube, dir hat es Spaß gemacht, die Ziegen zu sehen und außerdem konntest du dich so vergewissern, dass es Daisy Duke besser geht."

Er war zu ihrer Autotür gekommen und hatte sie geöffnet und sie wollte, dass er sie in seine Arme zog. Sie wusste nicht, was sie antworten sollte, aber als ihr Blick seinen traf, lag mit einem Mal eine riesige Spannung in der Luft.

Würde er sie küssen?

Ihr Herz raste, als sie aus dem Wagen stieg und seine Hand hielt, während seine Worte noch zwischen ihnen in der Luft hingen.

„Ich hatte unglaublich viel Spaß. Und ich freue mich sehr, dass Daisy hierher zu mir ziehen wird. Ich kann es kaum erwarten, den süßen Esel und vielleicht auch ein paar Ziegen hier draußen herumtollen und spielen zu sehen. Ich liebe deine Familie und alles, was sie getan haben. Heute Abend… nun, ich kannte sie bereits und habe schon Zeit mit ihnen verbracht, aber heute Abend war etwas anders. Caleb, du hast mir zusammen mit deinen Brüdern das Leben gerettet. Und außer mir habt ihr auch noch meinen zukünftigen kleinen Esel gerettet."

Er grinste breit, seine Augen schimmerten im Mondlicht. „Und doch war ich als Erster bei dir und habe dich gehalten, als wir dich herausgeholt haben. Das empfinde ich als Privileg"

Ihr Herz zitterte bei seinen Worten und ihr Atem wurde flacher. „Ich… auch", brachte sie hervor und wünschte sich mit allem, was ihr heilig war, dass er nach ihr greifen und sie mit so viel Energie küssen würde, wie sie in diesem Moment durch ihren Körper pulsieren fühlte.

Wer war diese Frau? Diese Frau, die sich versteckt hatte, wütend und in der festen Absicht, sich nie wieder in einen Mann zu verlieben?

„Möchtest du dich noch etwas mit mir hinsetzen?", fragte sie ihn. Sie standen in der Nähe ihres Sitzbereichs neben dem Haus. Jasmine stellte sich vor, wie sie dort im Mondlicht sitzen würden… und er sie küsste. Allein der Gedanke daran, sorgte dafür, dass Funken in ihr aufblitzen – es war so lange her, seit sie jemanden geküsst hatte, und das war jemand gewesen, an den sie nicht zurückdenken wollte… sie wollte die Erinnerung an diese Person aus ihren Gedanken löschen und Calebs Lippen spüren – *Okay, reiß dich zusammen, Jasmine!*

Calebs Lippen verzogen sich nach oben. „Ich hatte

gehofft, dass du mich bitten würdest, auf diesen bunten Stühlen Platz zu nehmen. Ich würde gerne den Mond mit dir aufgehen sehen."

Seine Worte hallten verführerisch aufregend in ihr nach und das Funkeln in seinen Augen, das sie im Licht der Veranda sah, reizte sie. Sie hätte sich Sorgen machen sollen, doch das tat sie nicht. Sie hatte keine Angst vor ihm. Sie… „Ich muss mit dir reden." Und das stimmte. Sehr sogar.

„Okay. Du klingst ernst. Ist irgendetwas nicht in Ordnung?"

„Nein, alles ist okay. Aber ich habe das Gefühl, dass ich dir ein paar Sachen über meine Vergangenheit erzählen sollte – warum ich nicht tanze oder auf Dates gehe. Du warst so geduldig und freundlich und nun ja, ich möchte nicht, dass du irgendetwas Seltsames über mich denkst."

Er ging zu den Stühlen hinüber, entschied sich für den roten und setzte sich. Vielleicht wollte er ihr zu verstehen geben, dass er bleiben würde, sein Verhalten verriet ihr jedenfalls genau das.

Sie setzte sich auf den gelben Stuhl. Ihr Herz klopfte heftig. Diesmal hatte das nichts damit zu tun, dass sie ihn küssen wollte. Es hatte mit dem zu tun, was sie sagen wollte. „Okay, ich habe dir ja schon erzählt, dass ich getanzt habe. Ich hatte einen Tanzpartner, mit dem ich an Wettkämpfen teilgenommen habe. Nur um dann herauszufinden, dass er mit mir getanzt hat, weil er wusste, dass ich gut bin und gewinnen wollte. Was wir taten. Als er die Auszeichnung mit seinem Namen in den Händen hielt, wandte er sich seiner Freundin zu und ließ mich links liegen. Ich hatte gedacht, ich würde ihn lieben und dass er mich ebenfalls liebte. Dabei hat er mich die ganze Zeit über getäuscht. Er hat mich ausgenutzt, und mein gebrochenes Herz hat mich dazu gebracht, mich zu verkriechen, Abstand zu halten und keine Tanzfläche mehr zu betreten, bis…"

Sie spielte mit der Armlehne des Stuhls, holte tief Luft und sah ihn an. „Bis ich dich tanzen sah. Ich habe gesehen, wie viel Spaß du hast, so viel wie ich früher und wie jede Frau, die du zum Tanzen auffordertest, begeistert Ja sagte." Ein Lächeln erschien auf ihren Lippen. „Ich habe deswegen nicht schlecht von dir gedacht. Ich fand es ziemlich cool, dass du so nett warst, alle zu fragen, und trotzdem hast du bei keinem der Tänze mehr als ein paar Mal mit derselben Frau getanzt. Ja, das ist mir aufgefallen. Warum ist das so? Ich würde dich das gern fragen, habe aber das Gefühl, dass du vielleicht einen ähnlichen Grund haben könntest wie ich, dafür, dass ich gar nicht mehr tanze. Wurdest du sitzengelassen und lässt jetzt nicht zu, dass das noch einmal geschieht?"

KAPITEL ELF

Warum hatte sie ihn das gefragt?

Jasmine hätte sich selbst einen Tritt geben können, als er ihren Blick hielt.

„Du willst wissen, warum ich mit keiner Frau häufiger tanze?" Sein Blick funkelte, als er sie weiterhin unverwandt ansah.

Warum hatte sie ihm eine derart persönliche Frage gestellt? Er antwortete nicht, sie saßen nur da. Möglicherweise war er überrascht, weil sie ihm eine Frage stellte, schließlich hatte sie vor dem Zwischenfall, bei dem er sie gerettet hatte, kaum mit ihm gesprochen. Dieser Gedanke hallte in ihrem Kopf wider: *War das einer der Gründe, warum sie sich zu diesem Mann hingezogen fühlte – weil er sie gerettet hatte?*

Sie schob das beiseite. Nein, er war ein netter Kerl und hatte nichts getan, was sie gegen ihn aufbrachte. Vielleicht sollte sie sich ein bisschen zurücknehmen.

Mehr als nur ein bisschen. „Vielleicht war ich aufdringlich… ich hätte diese Frage nicht stellen sollen. Sieh mal, ich habe den Abend mit deiner Familie wirklich sehr genossen und es war eine Freude, die Ziegen und Esel kennenzulernen. Ich kann es kaum erwarten, dass du herkommst und diesen Zaun baust. Bist du sicher, dass du das tun willst?"

Oh, sie hörte gar nicht mehr auf zu plappern.

Seine Lippe zog sich an einer Seite nach oben. „Okay, ja, klar helfe ich dir mit dem Zaun, damit alles für deinen kleinen Esel bereit ist. Und ich bin nicht sauer über deine Frage, warum ich so viel, aber nicht mehr mit bestimmten Tanzpartnerinnen tanze. Es freut mich, dass du neugierig bist."

„Okay, das hätte ich nicht fragen sollen. Du kannst tanzen, wie du willst, das geht mich nichts an."

„Das habe ich nicht gesagt. Ich bin auch neugierig in Bezug auf dich."

„Ich bin mit dieser Frage in deine Privatsphäre eingedrungen. Das tut mir leid."

„Es ist okay." Er gluckste. „Ich bin einfach nicht der Typ, der wieder und wieder mit derselben Person tanzt und ihr so den Eindruck vermittelt, dass zwischen uns etwas ist. Ich bin noch nicht bereit, mich so zu binden wie meine Brüder."

Er musste seine Aussage korrigieren, auch wenn er

sich nicht sicher war, ob er im Moment klar dachte. Er würde nichts überstürzen, solange er nicht bereit war zu heiraten. Meine Güte, sie hatten zweimal miteinander getanzt und waren einmal im Haus seiner Großeltern beziehungsweise jetzt seines Bruders zu Besuch gewesen. Sein Gehirn fühlte sich an, als hätte es etwas Schieflage bekommen; er musste das beheben. „Ich bin einfach nicht der Typ Mann, der sehr viel mit einer Frau tanzt, außer ich weiß, dass es eine Frau ist, die aus dem gleichen Grund tanzt wie ich – um eine Menge Spaß zu haben."

Sie zupfte erneut an der Armlehne des Stuhls herum. Er hatte sie nichts Privates gefragt; er hatte nicht mehr getan, als sie zu bitten, mit ihm tanzen zu gehen und ihr das Leben gerettet. Warum verhielt sie sich dann so seltsam? Sie starrte in seine wunderschönen Augen und da hatte sie ihre Antwort. So gern sie auch verhindert hätte, dass sie sich zu jemandem hingezogen fühlte, so war doch genau das der Fall und dann hatte er sie auch noch gerettet.

„Okay, nun, ich schätze, ich werde mal rein gehen. Ich muss ins Bett gehen und, ähm, wahrscheinlich sehe ich dich irgendwann im Verlauf der Woche, bevor wir dann am Freitag zusammen ausgehen, oder? Oh, warum habe ich das gesagt? Wir sehen uns einfach am Freitag." Sie stand mit einem Gefühl auf, als würde sie von einer

Klippe springen und in der Gewissheit, dass er innerlich über die Unbeholfenheit ihrer Worte lachte. Sie mochte eine hervorragende Tänzerin sein, anmutig, schrittsicher und immer im Takt, aber wenn sie nervös wurde, fiel es ihr schwer, sich zu konzentrieren und ihre Worte kamen in einem Durcheinander heraus und ganz offensichtlich brachte ihn das zum Lächeln. Noch immer auf seinem Stuhl sitzend, strahlte er sie mit diesem unglaublichen Lächeln an. „Ich wollte nichts sagen, dass dafür sorgt, dass du dich unwohl fühlst."

Er stand auf und für einen Moment sah es so aus, als wollte er nach einer Haarsträhne auf ihrer Schulter greifen, doch dann zog er seine Hand zurück und steckte sie in die Tasche. „Du brauchst in meiner Gegenwart nicht nervös zu sein. Aber falls du nichts dagegen tun kann, dann ist das meiner Meinung nach ein gutes Zeichen. Außer natürlich, du bist nervös, weil du Angst vor mir hast, aber dafür habe ich dir keinen Grund gegeben."

Sie lachte; sie konnte nicht anders. Sie seufzte. „Okay, es ist lächerlich. Normalerweise rede ich nicht viel, wenn ich... wenn ich mich zu jemandem hingezogen fühle. So, nun ist es raus, ich denke, das hilft, weniger nervös zu sein. Ich *möchte* mich nicht zu dir hingezogen fühlen... oder zu sonst irgendwem, nur damit du es weißt. Ich habe es jetzt gesagt, aber ich bin ein Einzelgänger. Ich habe früher gerne getanzt und habe zugestimmt, mit dir tanzen zu gehen. Ehrlich gesagt freue ich mich auch irgendwie darauf… aber bilde dir nichts darauf ein. Ich werde versuchen, mich klar auszudrücken, jetzt wo du weißt, dass meine Worte etwas durcheinandergeraten können. Gott sei Dank passiert das nicht auf der Tanzfläche. Du kannst dich also entspannen, wenn wir tanzen – ich werde Spaß haben und dafür sorgen, dass es dir genauso geht. Wir können tanzen, bis wir umfallen, wenn du das möchtest und dann noch länger. Ich kann nur nicht garantieren, dass meine Wörter besonders flüssig aus mir hervorsprudeln.“

So. Jetzt wusste er, dass sie nicht gut reden konnte, wenn sie jemanden attraktiv fand. Was wahrscheinlich einer der Gründe dafür gewesen war, warum sich ihr Tanzpartner mit ihr abgefunden hatte, als sie am Wettkampf teilgenommen hatten – und warum er an jenem Tag, nachdem er seinen Arm um die andere Frau gelegt und ihr vor Jasmine einen Kuss gegeben hatte, zu Jasmine gesagt hatte, dass *diese* Frau nicht wie eine Idiotin über ihre Worte stolperte, wenn er in ihrer Nähe war.

Wow, seine Worte erzeugten immer noch einen unangenehmen Nachhall in ihren Ohren.

Sie verstand nicht, wie es dazu kam, normalerweise

war sie ein ruhiger, geerdeter Mensch; glücklicherweise hatte sie sich zu niemandem mehr hingezogen gefühlt, seit sie mitangesehen hatte, wie dieser Kerl mit seiner richtigen Freundin fortgegangen war. Seitdem hatte sie nicht mehr dieses schreckliche Durcheinander spüren müssen, dass sich nun erneut in ihr breitmachte.

„Wir sehen uns. Gute Nacht." Ohne noch einmal zurückzuschauen, lief sie die paar Schritte zu ihrer Tür, ging hinein und schloss die Tür hinter sich ab. Sie hoffte inständig, dass sie beim nächsten Mal, wenn sie ihn sah, ihr verrücktes Innenleben und die stotternden Worte unter Kontrolle hatte.

* * *

Calebs Gedanken schwirrten auf dem Weg zu seinem Haus umher wie ein Wespenschwarm – sie fühlte sich zu ihm hingezogen und konnte sich wegen ihm nicht klar artikulieren.

Jasmine hatte gewirkt, als wäre sie völlig verunsichert. Er hatte bisher nicht viel Zeit in ihrer Nähe verbracht – und mit ihr geredet schon gar nicht, beziehungsweise sie reden gehört, denn wenn Männer in der Nähe waren, sprach sie nicht viel. Aber sie hatte gesagt, dass sie sich nicht zu ihm hingezogen fühlen

150

wollte und hatte dann noch ein *oder zu irgendjemand anderem* ergänzt. Ihm fiel auf, dass er schon aus der Distanz gesehen hatte, wie sie sich unterhielt und nie hatte sie dabei verunsichert gewirkt.

Also was nun? Scheinbar verunsicherte er sie, das sollte etwas Positives sein, doch sie hatte klargestellt, dass das nicht der Fall war.

Wollte er, dass sie so dachte? Bisher hatte er nicht gewollt, dass jemand so fühlte; darüber dachte er auf dem Weg nach Hause nach, wo er sich ins Bett legen und schlafen würde – oder vielmehr *versuchen* würde zu schlafen.

Am nächsten Morgen stand er auf und fuhr zur Arbeit. Er hielt vor der Scheune der Ranch und sah, dass die Trucks seiner Cousins und Brüder bereits dort parkten. Heute würden sie Rinder treiben, das war gut. Es bedeutete, dass er vielleicht nicht ganz so viel reden musste. Er hoffte, dass ihm niemand Fragen stellte, denn er wollte keine beantworten. Sie hatten ihn am vergangenen Abend beobachtet und wahrscheinlich bemerkt, dass er sich ungewöhnlich stark zu Jasmine hingezogen fühlte, und rechnete damit, deswegen ins Verhör genommen zu werden.

Er saß in seinem Truck, die Hände am Lenkrad. Er

holte tief Luft und dachte darüber nach, den Wagen zurückzusetzen und sich eine andere Aufgabe zu suchen, die erledigt werden musste. Denn was sollte er sagen, wenn sie begannen, ihn auszufragen? *Oh, sie hat letzte Nacht plötzlich aufgehört, mit mir zu reden, und ist praktisch ins Haus gerannt?* Sie hatte die Tür nicht zugeschlagen, aber diese nachdrücklich zwischen ihnen geschlossen, weil sie sich zu ihm hingezogen fühlte – nein, das würde er nicht sagen.

Er stieg aus und ging in die Scheune, bereit für die vor ihm liegende Fragerunde, doch fest entschlossen, die Details, die ihn belasteten, für sich zu behalten.

Sie standen um den Couchtisch herum, alle in Stiefeln und Jeans, Handschuhe in den Taschen. Sie hatten sich auf den anstehenden Viehtrieb vorbereitet. Sie mussten die Rinder im Grunde von einer Weide auf eine andere treiben, anschließend würden sie die Tiere medizinisch behandeln und da er auch das Brenneisen entdeckte, stand das Markieren einiger Rinder wohl auch noch auf dem Programm. Das war gut. Auch dies bedeutete weniger Zeit zum Reden.

Ryder hielt ihm eine Tasse Kaffee hin. „Wir dachten, du wärst vor uns hier. Als du das nicht warst, dachten wir, du kommst vielleicht gar nicht. Du hast gestern Abend wirklich glücklich ausgesehen."

Er nahm den Kaffee und starrte seinen Bruder an. „Darf ich keinen Spaß haben?"

Er blickte sich um. Alle grinsten.

Ryders Grinsen wurde breiter. „Oh, du kannst so viel Spaß haben, wie du willst. Wir sind nur alle etwas aufgeregt."

„Okay, wow, Ryder. Nicht so voreilig. Ich habe mit ihr getanzt und sie ist zu Genna und West gekommen und…"

„Du hast sie aus dem Treibsand gerettet." Ace grinste.

„Dass ich sie aus dem Treibsand gerettet habe, bedeutet gar nichts. Das hätte ich für jeden getan." Ja, das hätte er, aber sie mussten auch nicht wissen, dass er sie wirklich hatte retten wollen. Als er das Problem entdeckt hatte, hätte er beinahe einen Herzinfarkt erlitten.

„Ja, das stimmt", sagte Ryder. „Aber der Blick, den du ihr gestern Abend beim Abendessen zugeworfen hast – nun ja, der hat einiges offenbart."

Nun grinsten sie alle.

Er hielt eine Hand hoch. „Okay, Leute, macht es mir nicht so schwer. Sie hat kein Interesse."

West legte den Kopf schief. „Nun, sie hat das

wahrscheinlich nicht bemerkt, aber wir haben gesehen, dass auch sie dir ein paar Blicke zugeworfen hat. Wir haben bereits darüber gesprochen, die anderen haben es auch gesehen, ich bin also nicht verrückt."

Er wandte den Blick ab und biss die Zähne zusammen. Er musste ruhig bleiben. Er blickte zu ihnen zurück. „Ihr wisst alle, dass ich einfach gerne tanze." Er stolperte über seine Worte. Sie wussten, dass er sich nicht häufig verabredete. Er war nicht der Einzige in dieser Truppe, der früh verletzt worden war und das nicht gut verkraftet hatte, sodass er jetzt an nichts Ernsthaftes dachte. Außerdem hatte er Zeit.

Er erzählte ihnen nicht das, was sie hören wollten, nämlich ja, dass es tatsächlich anders war mit Jasmine. Schon der Klang ihres Namens war besonders. *Jasmine.* Er war wunderschön, so wie sie. Ihm wurde klar, dass sich seine Gedanken wahrscheinlich auf seinem Gesicht abgezeichnet hatten, denn alle seine Brüder und Cousins grinsten breit.

„Kommt schon, hört auf damit. Wir haben Arbeit zu tun. Ich steige aufs Pferd."

Mit diesen Worten leerte er seinen Kaffee und stellte die Tasse ab, dann drehte er sich um, verließ die Scheune und ging zu der anderen Scheune hinüber, in der sich die Pferde befanden. Für heute war das Thema erledigt. Sie hatten ihn bedrängt und das mochte er nicht, schon gar nicht, wenn sie auch noch ihren Spaß dabei hatten. Er verdrehte die Augen, als er den Stall betrat, dann ging er nach hinten durch und sprach mit seinem Pferd Lightning „Ja, heute reiten wir aus. Und wenn die anderen mich nerven, dann reiten wir so schnell fort wie wir können. Wie findest du das?"

Lightning wieherte, warf den Kopf hoch und schlug so heftig mit dem Schwanz, dass ihm dieser gegen den Rücken peitschte.

Er lachte. „Ich bin ganz deiner Meinung, freut mich, dass wir uns einig sind."

KAPITEL ZWÖLF

Am nächsten Tag fuhr Jasmine bei schönstem Wetter in die Stadt. Nachdem sie ins Bett gegangen war, hatte sie sich noch lange hin und her gewälzt, bevor sie schließlich eingeschlafen war. Irgendwann hatte sie sich darauf konzentriert, dass sie am Freitagabend ohne irgendwelche Hintergedanken tanzen gehen und es genießen würde. Daraufhin war sie eingeschlafen.

Ja, sie liebte es zu tanzen. Wahrscheinlich mochte sie das Tanzen mehr als den tanzenden Cowboy, der sie dorthin mitnahm. Bestimmt würde man über sie reden, doch sie hatte sich letzte Nacht, als sie an die Decke gestarrt hatte, gesagt, dass sie das ohnehin nicht kontrollieren konnte. Was sie hingegen kontrollieren konnte, waren ihre Gefühle. Außerdem wollte sie wieder lernen, Freude am Tanzen zu empfinden, diesmal ohne Einbeziehung ihres Herzens. Das war ihr schon einmal zum Verhängnis geworden.

Natürlich hatte die Stimme in ihrem Hinterkopf eine eigene Meinung dazu: „Aber Caleb ist nicht ein solcher Idiot wie der Typ, dem du beim letzten Mal dein Herz geschenkt hast!" Sie drehte einfach deren Lautstärke herunter und ignorierte die Zwischenrufe.

Außerdem würde er in den nächsten Tagen vorbeikommen und ihr dabei helfen, einen Zaun für Daisy zu bauen, und dann würde vielleicht auch der alte Sergeant Two Toes mal vorbeischauen. Dieser Gedanke allein reichte aus, um sie glücklich zu machen und ihr ein Lächeln aufs Gesicht zu zaubern. Als sie aus dem Auto stieg und den Laden betrat, grinste sie immer noch.

Genna hatte heute frei und blieb daheim in ihrem neuen Zuhause, was einer der Gründe für Jasmines Einstellung gewesen war. So konnte Genna öfter zu Hause bleiben und sich ihrem Online-Shop widmen, während Jasmine den Laden führte. Genna arbeitete natürlich an den meisten Wochenenden, denn dann kamen für gewöhnlich die Kundinnen in die Stadt, die ursprünglich online bei ihr eingekauft hatten und nun riesige Fans von Lone Star waren. Sie ließen sich mit ihr fotografieren, um dann später ein Bild von sich mit Genna auf deren Website bewundern zu können, auf dem sie ihr Lieblingsoutfit trugen. Dies brachte viele Leute in die Stadt, denn Gennas Online-Shop erfreute sich größter Beliebtheit. Da die meisten Kundinnen freitags und samstags kamen, arbeitete sie an diesen beiden Tagen. Die meisten Damen buchten eine Unterkunft in der Nähe und verbanden das Shoppen mit dem Besuch einer Tanzveranstaltung am Abend.

Jasmine fand das alles nach wie vor äußerst faszinierend, auch sie selbst war dadurch in die Stadt gekommen. Ihre Mutter liebte den Online-Shop und war eine der ersten Kundinnen gewesen, die in das Geschäft hier in der Stadt gekommen war, um sich mit Genna fotografieren zu lassen. *Und* um zu fragen, ob in der Stadt irgendwelche Versammlungen oder Tänze stattfanden – dies hatte dazu geführt, dass nun monatlich Tänze ausgerichtet wurden, und hier war sie.

Sie stand lächelnd im Laden und dachte an den gestrigen Tag, der mit einer Katastrophe begonnen hatte und damit zu Ende gegangen war, dass sie über ihre Zukunft nachdachte. Es war großartig, ein tolles Gefühl.

Sie schüttelte ihre Gedanken ab. Sie hatte viel zu tun: sie musste neue Kleidungsstücke auslegen, und wie immer wollte sie sicherstellen, dass Genna es nicht bereute, sie eingestellt zu haben und glücklich mit ihrer Arbeit war. Und genau das tat sie nun. Sie machte sich an die Arbeit. Bald öffnete sich die Tür und Josie Jane trat ein, Ruby direkt auf den Fersen. Oh ha, es ging los. Sie hegte nicht den geringsten Zweifel daran, dass die beiden sie ausfragen würden. Die zwei liebten die Momente, in denen sie das Gefühl hatten, dass eine Liebesgeschichte in der Luft lag – auch wenn ihr nicht ganz klar war, wie sie darauf gekommen waren. Sie hatten noch nichts gesagt, doch ein Blick in ihre Gesichter reichte, und sie wusste Bescheid. „Guten Morgen, die Damen", sagte sie so ruhig sie konnte.

Josie Jane grinste, als sie zu ihr ging und die Hände in die Hüften stemmte. „Dir auch einen guten Morgen, liebe Freundin. Wir wollten mal vorbeikommen und sehen, wie es dir heute geht."

Ruby gluckste und nahm eine Bluse aus einem Regal und betrachtete sie. „Die liebe ich. Ich muss sie unbedingt anprobieren. Und ich finde es großartig, dass du gestern bei Genna und West zum Abendessen warst. Alle haben sich gefreut, dass du dich entschieden hast, dich ein wenig unter die Leute zu mischen. Weißt du, uns ist allen aufgefallen, dass du das bisher nicht getan hast – du kommst zur Arbeit und kehrst wieder nach Hause zurück. Du kommst zu den Tänzen und stehst dann bei Millie herum – wie aufs Stichwort, da ist Millie ja."

Und tatsächlich öffnete sich in diesem Moment die Tür und herein kam das große Cowgirl Millie. Ihr rotes Haar war zum üblichen Pferdeschwanz gebunden, und ihre Jeans steckten in schwarzen Westernstiefeln, deren

Seiten glitzernde Sterne zierten. Ihr Outfit wurde von einem rot-weiß-blauen Cowgirl-Shirt gekrönt, das lautstark nach Aufmerksamkeit schrie.

Millie grinste. „Wir haben beschlossen, dir heute Morgen einen Besuch abzustatten. Wir haben den Eindruck, dass sich da zwischen dir und dem reizenden Happy Dancin' Cowboy, Caleb, etwas anbahnt."

Jasmine wusste jetzt, wer ihm den Spitznamen verpasst hatte, der genau ins Schwarze traf. Sie unterdrückte ein Lächeln und starrte die drei wunderbaren Damen an, die vor ihr standen. *Was sollte sie dazu sagen?* Die drei hatten sie nicht behelligt, seit sie in die Stadt gekommen war. Bei Gennas und Wests Hochzeit hatte sie Millie gelauscht, die ihr und Sydney von ihrer großen Liebe erzählt hatte und Jasmine hatte ebenso wie Sydney erkannt, dass es eine gute Idee war, nach vorn zu schauen und die Vergangenheit hinter sich zu lassen. Sydney hatte Dustin geheiratet und wirklich etwas verändert, doch Jasmine hatte nur darüber nachgedacht und nichts getan.

Sie starrte die Frauen an und fand keine Worte.

„Sieh mal, Liebes, ich bin hergekommen, weil wir, wie du weißt, einiges gemeinsam haben. Ich weiß nicht genau, was dir passiert ist, weil du nicht darüber redest, aber ich habe erkannt, dass in der Regel irgendetwas nicht in Ordnung ist, wenn eine Frau den Abend des

Tanzes bei mir an meinem Tisch verbringt. Ihnen allen ist irgendwann aufgefallen, dass ich auch immer hinter diesem Tisch stehe, anstatt auf die Tanzfläche zu gehen und die Nacht durchzutanzen. Es ist, als wäre ich ihre Zuflucht. Mein Tisch und ich sind wie eine Mauer zwischen ihnen und allen anderen.

Ich weiß nicht, ob es dir aufgefallen ist, aber seit Kelsy und der entzückende Ace ein Paar sind, tanze ich mit ihrem Großvater Lumas. Es wäre ein glatte Lüge, wenn ich behaupten würde, dass ich ihn nicht vorher schon aus der Ferne beobachtet hätte. Wenn dieser große Mann – große Statur *und* großes Herz – zu mir kommt und mich zum Tanzen auffordert, dann kann ich nicht Nein sagen. Auch die Trauer um meinen lieben Hank kann nicht verhindern, dass ich wieder tanze und Spaß habe.

Ich denke nicht darüber nach, was ich verloren habe. Denn, weißt du, ich habe in jener Nacht, in der mein lieber Mann, mein Champion, bei einem dieser rauen und unvorhersehbaren Ritte getötet wurde, alles verloren. Der Bulle nahm ihn mir, während er gerade der begeisterten Menge zulächelte. Ich habe alles aufgegeben, weil ich einfach nicht dorthin zurückkehren konnte. Ich habe damals mit dem Rodeo aufgehört, weil ich es nicht mehr ertragen habe. Auch mit dem Tanzen konnte ich nicht mehr weitermachen, denn ohne ihn ging es einfach nicht. Du liegst uns Mädels am Herzen, deswegen haben wir beschlossen, mit dir zu reden. Anschließend gehen wir alle zur Arbeit. Bist du sauer auf uns?"

Alle drei Frauen blickten sie liebevoll und besorgt an, und ihr Herz zog sich zusammen, weil sie wusste, dass sie sie liebten. Sie war in diese Stadt gezogen, weil sie gesehen hatte, was Josie Jane, Ruby und Millie getan hatten, als ihre Mutter sie gebeten hatte, ihr zu helfen, aus dem Loch herauszukommen, das sie sich selbst gegraben hatte.

„Ihr drei, ich liebe euch. Es ist wunderbar, was ihr für diese Stadt, einschließlich meiner Mutter und ihrer Freunde getan habt. Sie ist so glücklich darüber, dass ich hier von vorn beginne. Ich weiß, dass sie damit zu tun hatte, den monatlich stattfindenden Tanz ins Leben zu rufen, mit ihrer Sorge um mich. Sie dachte, dass dieser Ort ganz wunderbar für mich wäre und sie hatte recht." Sie hielt inne und Tränen traten ihr in die Augen. „Und ihr drei seid ein wichtiger Teil dessen. Ich kann euch nichts versprechen. Mir wurde das Herz gebrochen, sehr gründlich, um genau zu sein, zum Teil lag das daran, dass ich einfach dumm war. Ich habe es jemandem geschenkt, der es weder brauchte noch wollte. Jemandem, der mich benutzt hat, um zu gewinnen..." Sie blickte die Frauen an, die sie mit weit aufgerissenen Augen anstarrten und dachte schließlich *Ach, was solls* und fügte noch hinzu: „Er hat mich und mein Herz benutzt, um Tanzwettbewerbe zu gewinnen."

„Ich wusste es!" Josie Jane schlug sich aufs Bein. „Ich wusste es!"

Ruby wirbelte herum, wobei sich die hübsche Bluse aufbauschte, dann blieb sie stehen und grinste. „Wir wussten, dass du tanzen kannst. Wir haben dich an dem Abend neulich gesehen und uns gefragt, warum du bisher nicht getanzt hast. Das erklärt alles."

Millies Augen tanzten. „Ich habe bemerkt, dass an dem Abend neulich etwas anders war. Du magst jetzt vielleicht sagen, es lag daran, dass du dich endlich entschieden hattest, wieder zu tanzen, aber mir ist aufgefallen, wohin deine Augen jedes Mal schweifen, wenn du nicht auf der Tanzfläche bist, sondern neben mir am Tisch stehst. Ich sehe, in welche Richtung du beständig schaust und wer es ist, dem deine ganze Aufmerksamkeit gilt. Und soweit ich gehört habe, gehst du am Freitag mit ihm tanzen."

Oh Gott, was sollte sie tun? „Ja, ich habe Ja gesagt. Mir wurde das Herz gebrochen, weil ich mit dem Falschen getanzt habe. Ich hatte es ganz nach oben geschafft, der Absturz war fatal. Er ließ mich fallen, sobald er die Auszeichnung in der Hand hielt und ging mit einem anderen Mädchen davon. Jetzt wisst ihr, warum ich seitdem nicht mehr getanzt habe, aber…" Sie sah Millie an; ihr Mann hatte sie geliebt und war sie liebend gestorben. Er war kein bösartiger Kerl gewesen, der so weit gegangen war, sich mit ihr zu verloben, nur um ein Turnier zu gewinnen. Es war lächerlich und sie kam sich dumm vor.

Millie tanzte inzwischen wieder und ihr Herz hatte auch wieder zu tun. Jasmine blinzelte die Tränen zurück und studierte das sanfte Lächeln auf den Gesichtern von Ruby und Josie Jane und die zärtlichen Augen von Millie.

Millie trat einen Schritt nach vorn und umarmte sie. „Setz dich nicht unter Druck, meine Liebe, aber lass mich dir sagen, dass es manchmal gut ist, die Tür zu seinem Herzen wieder aufzustoßen und ein oder zwei Tanzschritte zu wagen. Wenn es nicht die richtigen Schritte sind, wirst du es wissen. Aber wenn du es nicht zumindest versuchst, wirst du nie wissen, ob du nicht vielleicht die wunderbare Chance auf ein wundervolles Leben verpasst hasst – und ja, jetzt habe ich bereits mehrmals *wunderbar* gesagt und ich werde es noch häufiger tun. Ich hatte ein wunderbares Leben und jetzt, wo ich meinem Herzen Zeit gegeben habe, sich an alles zu gewöhnen, denke ich, dass der liebe Lumas vielleicht der nächste Schritt in meinem Leben ist. Wenn ich nichts riskiere, mache ich es ohnehin falsch. Wie auch immer…" Sie lehnte sich zurück und sah Jasmine in die Augen. „Ich musste einfach herkommen und dich in *mein* Herz blicken lassen. Und jetzt mache ich mich wieder an die Arbeit."

Sie ließ Jasmine los, lächelte sanft und drehte sich dann um und verschwand durch die Tür.

Josie Jane umarmte sie und folgte ihr.

Ruby tat dasselbe. „Hab Spaß, meine Liebe, hab Spaß. Das Leben ist wunderbar, wenn man einfach, nun ja, ein wenig auf der Hut bleibt, aber nicht die Tür zu seinem Herzen zuschlägt und dann eine Kette davorlegt. Dieser Mann ist großartig. Als ich ihn herausgefordert habe, mit dir zu tanzen – ja, das war ich und er hat gemacht, worum ich ihn gebeten habe, und glücklicherweise hast du Ja gesagt – da wusste ich nicht einmal, dass du ihn beobachtet hast. Du tanzt so gut wie er – es ist unglaublich. Ihr solltet an einem Wettbewerb teilnehmen."

„Oh nein, nein, nein, ich werde nie wieder an einem Wettbewerb teilnehmen. Aber ich werde tanzen. Danke, dass ihr alle gekommen seid, um mit mir zu sprechen, aber jetzt muss ich mich wieder an die Arbeit machen, sonst fange ich an zu weinen." Das entsprach der Wahrheit. Sie wollte nicht vor allen Leuten in Tränen ausbrechen. Doch irgendetwas in ihrem Leben hatte sich gerade verändert. Sie war sich nicht sicher, was genau, aber vielleicht – *vielleicht* – könnte sie es wie Millie machen und hinter dem Tisch hervorkommen und der Veränderung eine etwas größere Chance geben.

* * *

Am Freitag fuhr Caleb die Straße zu Jasmines Hütte entlang. Sein Herz raste ein wenig. Für ihn eine ungewöhnliche Empfindung. Ja, als er noch jünger gewesen war, hatte schon der Gedanke an eine Verabredung seine Nerven zum Flattern gebracht, doch er hatte sich daran gewöhnt und der Spaß, den es machte, auf ein Date zu gehen, war genau das – Spaß. Er liebte es zu tanzen und seine Zeit damit zu verbringen, die Mädels auf der Tanzfläche herumzuwirbeln und zu beobachten, wie sie lachten und sich amüsierten. Er genoss das, aber war das mit dem vergleichbar, was er jetzt empfand, als er die Hütte vor sich auftauchen sah? Nein, das war anders – *ganz anders* – als alles, was er jemals zuvor empfunden hatte.

Er hatte gehört, wie sein Bruder West über Genna sprach, und Ace, sein jüngerer Cousin, über Kelsy. Oder sein Freund Jace Calhoun, als er sich in Lila verliebt hatte, und sein Bruder Dustin über die süße Sydney und ihre reizende Tochter, die kleine Hazel. Er gehörte jetzt zu ihnen. Wenn das keine Liebe war, dann war es eine

Schwärmerei, wie er sie noch nie zuvor erlebt hatte.

Er fuhr in die Einfahrt, parkte den Truck, schaltete den Motor aus und da saß Jasmine in dem roten Gartenstuhl aus Metall. Whoa – oh ja, er steckte in großen Schwierigkeiten. Sie stand langsam auf und wartete auf ihn.

Er wusste nicht, wie er sie glücklich machen, ihr eine tolle Zeit bereiten und das Gefühl vermitteln konnte, etwas ganz Besonderes zu sein, aber wenn er Glück hatte, würde es ihm gelingen, sie zumindest einen Hauch dessen spüren zu lassen, was er jetzt empfand, als er sie ansah. Sie trug ihre eleganten Stiefel, in denen die Säume einer verwaschenen Jeans steckten und sie so besonders zur Geltung brachten. Doch die Stiefel waren ihm egal. Außerdem hatte sie sich für eine wunderschöne rote Bluse entschieden, die schimmerte und der ähnlich sah, die sie vor ein paar Tagen beim Tanz getragen hatte. Ihr dunkles Haar hing ihr offen über die Schultern und als sie nun so dastand und ihn anstarrte, neigte sie den Kopf leicht zur Seite, sodass ihr das Haar über die Schulter fiel.

Meine Güte, was tat er da nur? Sein Herz hämmerte wild in seiner Brust.

Er ging mit dieser schönen Frau auf ein Date.

Wow. Okay, steig aus dem Truck, Junge!

Er öffnete die Tür, stieg aus und ging dann auf sie

zu. Sie hatte sich nicht bewegt; sie stand einfach nur da, die Hände in die Hüften gestemmt, während sich ein einladendes Lächeln auf ihrem schönen Gesicht ausbreitete.

Er blieb vor ihr stehen. „Hallo. Bist du bereit, tanzen zu gehen?"

„Ja. Ich habe mich den ganzen Tag darauf gefreut. Danke, dass du mich gefragt hast. Ich muss, nun ja…" Sie holte tief Luft und seufzte. „Ich muss das tun. Ich habe das Tanzen schon immer geliebt, doch dann hat mein persönliches Fiasko das ruiniert."

„Es freut mich, dass du mitkommst und dass du dich darauf freust. Ich verspreche dir, wir werden eine Menge Spaß haben. Ich bringe dich an einen tollen Ort. Früher bin ich oft dort gewesen, aber irgendwann war ich zu beschäftigt und seit einiger Zeit haben wir ja auch die monatlich stattfindenden Tänze bei uns in der Stadt. Aber wenn du mich fragst, ist es nicht genug, einmal im Monat mit dir zu tanzen." *Junge, Junge!* Er hatte mehr gesagt, als er hätte sagen sollen; er wollte sie nicht vertreiben. Doch das war sein Ernst.

„Danke. Ich habe früher unglaublich gern getanzt und damals hätte mir, genau wie dir, einmal im Monat auch nicht gereicht. Doch jetzt habe ich seit fast einem Jahr nicht mehr getanzt, außer letztens mit dir die zwei Tänze. Also wer weiß? Vielleicht lasse ich heute nicht zu, dass du die Tanzfläche wieder verlässt."

Ein strahlendes Grinsen breitete sich unversehens auf seinem Gesicht aus. „Also gut. Bist du bereit? Wir sollten uns auf den Weg machen. Und keine Erinnerungen an früher – wir haben einfach eine gute Zeit und dies ist ein Schritt in Richtung künftigen Vergnügens."

Sie hielt seinen Blick und ihre wunderschönen goldenen Augen funkelten, als sie sich bückte, um nach einer winzigen Handtasche zu greifen, die sie sich um die Schulter schlang, sodass sie auf Hüfthöhe hing.

„Das ist mal eine gewaltige Handtasche", sagte er grinsend.

„Sie ist perfekt. Ich kann sie den ganzen Abend über bei mir tragen ohne dass sie mich beim Tanzen einschränkt. Sie enthält alles, was ich brauche – du weißt schon, ein wenig Lipgloss, um meinen Look aufzupeppen." Sie kicherte und schnalzte mit den Lippen.

Das gefiel ihm; bisher hatte er ihre lustige Seite noch nicht zur Kenntnis genommen. Sie hatte wunderschöne Lippen, und ihm gefiel der leichte Glanz darauf. Sie hatte nicht viel von dem Zeug aufgetragen und alles, woran er in diesem Moment denken konnte, war, wie gern er den leichten Glanz fortgeküsst hätte; dann hätte sie neuen auftragen können und er hätte erneut die Möglichkeit, ihn weg zu küssen. Stopp – er musste wieder einen klaren Kopf bekommen; in diese Richtung schweiften seine Gedanken besser nicht. Das war nicht gut.

Er geleitete sie zur Beifahrerseite seines großen Trucks und wünschte, er hätte einen kleinen Pickup besessen, in dem er dicht bei ihr hätte sitzen müssen. Er streckte seine Hand aus und sie legte ihre hinein. Sofort zuckten elektrische Blitze durch ihn hindurch, und er fühlte sich, als würde er schon durch die bloße Berührung ihrer Hand explodieren.

Sie hob einen Fuß und stellte ihn auf das Trittbrett, das sich oberhalb ihres Knies befand. Dann hielt sie sich an der Tür und seiner Hand fest, schwang sich hoch und setzte sich in den Sitz.

Er war groß genug, um sich trotz der Höhe des Trucks beinahe auf Augenhöhe mit ihr zu befinden, sie befand sich nur ein paar Zentimeter höher als er. Sein Blick fiel auf ihre Lippen, dann richtete er ihn erneut auf diese wunderschönen Augen. Lippen oder Augen, es spielte keine Rolle, er steckte in Schwierigkeiten. „Okay, dann kann die Party wohl beginnen.“

Er schloss die Tür und joggte um den Wagen herum, und öffnete seine – nun ja, seine Tür stand immer noch offen; er hatte sie nicht hinter sich geschlossen. Er hüpfte quasi auf seinen Sitz und schloss dann die Tür, er legte eine Hand aufs Lenkrad und die andere auf den Schalthebel. *Dies geschah wirklich.*

Mit klopfendem Herzen sah er sie an. „Ich denke, ich hätte nicht Party sagen sollen, sondern Tanzen, denn, meine Süße, wir werden den ganzen Abend durchtanzen."

Er legte den Gang ein, fuhr rückwärts und los ging es. Er hatte sich seit… Ewigkeiten nicht mehr so auf etwas gefreut.

KAPITEL DREIZEHN

„Oh, wow. Ich habe den Spaß meines Lebens“, sagte Jasmine, als der Swing-Country-Song zu Ende ging und Caleb sie an sich drückte, nachdem er sie über die Tanzfläche gedreht und dann an sich gezogen hatte. Sie war außer Atem, doch es gelang ihr, diese Worte herauszubringen, während sie in seine funkelnden olivgrünen Augen blickte, die im Licht der Scheinwerfer über der Tanzfläche leuchteten. Dieser Mann konnte wirklich tanzen; er hatte ihr dabei geholfen, ihre Liebe zum Tanzen neu zu entfachen, einem Vergnügen, dass sie aufgrund all des vergangenen Dramas aus ihrem Leben verbannt hatte.

„Du bist unglaublich auf der Tanzfläche, Liebes. Meine Güte, unser wievielter war das? Der fünfte Tanz des Abends? Und jeden einzelnen davon hast du großartig gemeistert.“

Sie grinste ihn an, ihre Hand lag auf Schulterhöhe

in seiner und ihre freie Hand ruhte auf seiner Brust. „Ich habe jeden einzelnen davon genossen und eins muss ich sagen – nun ja, zunächst sollte ich wohl betonen, dass ich nicht das geringste Interesse daran habe, jemals wieder an Wettkämpfen teilzunehmen. Ich möchte einfach tanzen, weil es mir Spaß macht. Und es ist unglaublich, mit jemandem zu tanzen, der so gut ist wie du. Ich meine, ich will dich wirklich nicht dazu ermutigen, aber du tanzt bemerkenswert – du könntest Wettbewerbe gewinnen, wenn du Interesse daran hättest."

Er grinste, hob den Kopf und lachte in Richtung Decke. „Das ist witzig. Aber ich habe kein Interesse daran, an Wettbewerben teilzunehmen. Ich genieße es einfach. Es ist so, wie wenn ich draußen bin und Kühe hüte, weißt du? Nicht dass ich denke, dass du das schon mal gemacht hast, aber wenn du willst, nehme ich dich gern mal mit. Man hütet Kühe, riesige Herden und manchmal haut eine ab und man fragt sich *Warum tut sie das?* Ich denke, manchmal sehen sie einfach eine Möglichkeit und wollen sich frei fühlen und dann stürmt die Kuh oder das Kalb davon und wir müssen sie wieder einfangen. Ich glaube, sie haben irgendwie Spaß an sowas. So ist das Tanzen für mich – ich bin wie eine der Kühe, die auf der Suche nach Freiheit und Abenteuer davonstürmt und genieße den Augenblick. Und unter uns…"

Ein langsames Lied begann und automatisch setzten sie zum nächsten Two-Step an. „Unter uns, ich mag es, den Leuten, die nicht so gut tanzen können, auf der Tanzfläche zu helfen und dafür zu sorgen, dass sie Spaß haben. Als wir mit den monatlichen Tänzen begannen, wurde mir klar, dass ich immer auf der Suche nach den besten Tänzerinnen gewesen war. Früher kam ich häufig hierher, wegen der Arbeit meist sehr spät, und dann waren immer schon Leute wie ich hier, die wirklich gern tanzten und hier die Nacht zum Tag machten. Bei den Tänzen in unserer Stadt begriff ich, dass es mir Spaß macht, mit allen zu tanzen – den guten, den schlechten und den großartigen Tänzern." Er gluckste und wirbelte sie herum, bevor er sie wieder in seine Arme zog.

„Ich liebe das", sagte sie glückstrunken.

„Ich weiß. Und seit wir mit den Stadttänzen angefangen haben, war es immer großartig. Hin und wieder kommt jemand in die Stadt, der wirklich weiß, was er tut, das macht Spaß. Aber ich amüsiere mich auch mit denjenigen, die nicht so sicher sind, und etwas Ermutigung benötigen. Ich helfe ihnen, auch wenn sie manchmal gar nicht merken, dass ich das tue, einfach, indem wir Schritte machen, die sie noch nicht kennen. Das macht mir Spaß. Aber du… du hast mir selbst ein paar Schritte auf die gleiche Weise beigebracht. Du führst mich und im nächsten Moment habe ich wieder etwas gelernt."

Es stimmte, während sie tanzten, fügte sie manchmal einige ihrer Lieblingsschritte ein, die traditionell nicht Teil dieses Tanzes waren. Sie hatte sie ergänzt und Caleb war darauf eingegangen. Sie hatten sie in ihre Tanz-Performance integriert und ihre kreative Seite hatte mehr und mehr die Oberhand gewonnen. Aus dem recht einfachen Two-Step war ein abwechslungsreicherer Tanz geworden, was ihrer Meinung nach den Spaß daran ausmachte.

„Und du Cowboy, bist ein Ausnahmetalent. Du hast jeden neuen Schritt, den ich dir gezeigt habe, sofort aufgegriffen." Er grinste, zog sie zu sich und ließ sie an ihm vorbeiwirbeln, während er zur Seite trat, aber ihre Finger in seiner Hand beließ, wo sie hingehörten. „Du nimmst es mit allem auf, was ich dir entgegenwerfe." Und das machte ihn so großartig.

„Und werfe es zurück zu dir", sagte er, als sie sich in seine Richtung drehte und er sie noch einmal herabbeugte... Sie blickte in seine lächelnden Augen – ihre Welt drehte sich. Sie hatten fünf aufregende Tänze getanzt, dies war ihr sechster. Vor allem aber kämpfte sie im Moment gegen das Kribbeln und die Aufregung an, die sie überkamen, wenn sie ihn ansah. Er hielt sie im Arm und sie wollte nichts mehr, als das er den Kopf senkte und sie küsste. Ihr Herz raste, als er sie wieder aufrichtete, aber seinen Arm um sie gelegt ließ, während sich ihre Füße bewegten. Sie konnte kaum atmen, obwohl er sie nicht fest an sich drückte, sie war ihm lediglich sehr nahe. Eine winzige Bewegung von einem von ihnen und sie würden sich berühren, doch er drang nicht in ihren Raum ein, und das gefiel ihr an ihm; im Gegensatz zu manch anderem Mann zog er sie nicht unwillkürlich eng an sich. Nein, er behandelte sie wie eine Dame.

Während sie das dachte, stellte sie sich plötzlich vor, wie es wäre, mit diesem Mann zu tanzen, wenn sie ein richtiges Paar wären, verheiratet… *Ach, du meine Güte. Das dachte sie besser nicht weiter. Ehe? Woher war dieser Gedanke überhaupt gekommen?*

Während sie über diese Fragen nachdachte, lehnte sie ihren Kopf an seine Schulter. Augenblicklich senkte er seinen Kopf ein wenig und berührte damit ihren. Somit war sie ihm noch ein Stück näher.

„Geht es dir gut? Ich mag es sehr, dich zu halten."

Ihre Füße bewegten sich wie von selbst, während ihre Gedanken abschweiften. Seine Nähe verwirrte sie, sie spürte seinen Atem an ihrem Ohr und wollte zu ihm aufsehen und ihn küssen.

„Es geht mir gut. Ich bin… Caleb, ich habe noch

nie mit jemandem getanzt, der besser war als du." Das war alles, was sie sagen konnte. Sie führte nicht aus, dass niemand ihr zuvor das Gefühl gegeben hatte, die Beste zu sein. Nicht einmal der Mann, mit dem sie die Meisterschaft gewonnen hatte und den sie zu lieben geglaubt hatte. *Wow.* Wenn das stimmte, war sie wirklich eine Idiotin gewesen. Im Moment war sie auch eine, denn sie legte den Kopf in den Nacken, schaute in Calebs wunderschöne grüne Augen und wusste ohne jeden Zweifel, dass sie eine Grenze überschritten hatte.

Tanzen hatte diesen Effekt auf sie, es brachte ihr Innerstes durcheinander. Tanzen war das, was sie liebte. Es waren nicht die besten Tänzer, die das mit ihr machten, der, an dessen Namen sie nicht denken wollte und jetzt Caleb, der sie in seinen Armen hielt. Es war das Tanzen selbst... ihr gemeinsames wunderbares Tanzen, das ihr Herz plötzlich höherschlagen ließ. Hoffentlich las er nicht zwischen den Zeilen. Hoffentlich sah er ihre Verwirrung nicht und dachte, dass sie sich in ihn verliebte. Nein, das konnte sie nicht zulassen. Sie hatte hier gerade erst ein neues Leben gefunden, das ihr ungeheuer viel bedeutete; sie würde nicht zulassen, dass das Tanzen alles durcheinanderbrachte.

Er grinste.

Um Gottes Willen, dieser Mann hatte ein

umwerfendes Grinsen.

„Liebes, das ist ein langsamer Tanz, aber du bist fest entschlossen, dich zu drehen. Ich habe eine Menge Spaß, aber lass mich dir eins sagen: Wir beide tanzen für unser Leben gern. Wir können jederzeit wieder herkommen, also verstrick dich nicht in die Art Gedanken, die ich gerade deutlich auf deinem Gesicht sehen konnte. Außerdem donnert dein Herz, das kann ich sogar spüren, ohne dich an mich zu drücken.

Zerbrich dir nicht den Kopf darüber, ob du vielleicht einen Fehler machst. Wir haben Spaß zusammen, du und ich, und die ganze Nacht liegt noch vor uns. Bleib hier bei mir. Morgen, wenn ich dich nach Hause gebracht und an deiner Haustür abgesetzt habe, komme ich später wieder und dann kümmern wir uns um deinen Zaun. Doch jetzt, wo dieser Song zu Ende geht, hoffe ich auf ein paar ausgefallene Two-Step-Schritte beim nächsten Tanz. Lass uns Spaß haben und verbanne diesen besorgten Ausdruck aus deinen wunderschönen goldenen Augen.“

Er gab ihr einen leichten Schubs und drehte sie so, dass sie unter seinem Arm hindurchwirbelte. Lachend kam sie zurück in seine Arme, nur um noch einmal herumgedreht zu werden; hinter seinem Rücken wechselte sie von einer Hand zur anderen und wurde erneut in seine Arme gezogen.

Oh mein Gott, das war der perfekte Abend. Und er war nur hier, um Spaß zu haben.

* * *

Caleb hatte, soweit es ihn betraf, die beste Nacht seines Lebens beim Tanzen mit Jasmine verbracht. Er hatte viel – sehr viel – dafür getan, dass der Abend locker und lustig war, auch wenn er sie lieber an sich gezogen und einen langsamen Tanz nach dem anderen mit ihr getanzt hätte. Sie war unglaublich. Aber es war offensichtlich, dass sie immer wieder darum bemüht gewesen war, den Abstand zwischen ihnen zu wahren, sodass er genauestens darauf geachtet hatte, das zu tun. Er wusste, dass sie einen langsamen Tanz tanzten, der über ihr Leben entscheiden würde. Wenn er auch nur die leiseste Hoffnung hegte – und aktuell war das nicht nur eine leise Hoffnung, sondern der vorherrschende Gedanke in seinem Kopf – diese schöne, wunderbare Frau in seinem Leben zu haben – also für immer – dann bedeutete dies, dass er es langsam würde angehen müssen. Also tanzte er nicht die ganze Nacht mit ihr durch; er würde nicht seine Zukunft aufs Spiel setzen. Sie würden es Schritt für Schritt angehen. Und wenn sie sich am Ende für ihn entschied, wäre er ein Leben lang Gewinner und nicht der beständige Verlierer, weil er zu viel Druck gemacht hatte.

Er brachte das Auto zum Stehen. Ihr Verandalicht brannte und er blickte sie an. „Ich begleite dich zu deiner Tür." Er sah das Aufblitzen eines Lächelns, doch in ihren Augen, diesen vielsagenden Augen, nahm er außerdem Besorgnis wahr. Am liebsten hätte er laut *Mach dir keine Sorgen; ich verstehe* gesagt.

Er stieg aus dem Truck, ging um ihn herum und freute sich darüber, dass sie nicht ausgestiegen war, sondern ihm stattdessen die Gelegenheit gab, ein Gentleman zu sein. Er öffnete ihre Tür und streckte eine Hand aus und sie ließ ihre Hand in seine gleiten. Sein Herz raste, nur weil er ihre Hand hielt. Mit ihrer Hand in seiner, führte er sie in Richtung Tür, die beiden Stufen hinauf und ins Licht. Er konnte nicht anders; er trat näher, legte seinen freien Arm um ihre Schultern, zog sie an sich und umarmte sie sanft. *Oh, wie sehr er hoffte, dass sie nicht davonlief.* Dann trat er noch immer ihre Hand haltend zurück. „Ich hatte einen tollen Abend. Ich hoffe, dir ging es genauso."

„Ich hatte einen fantastischen Abend. Ich danke dir vielmals dafür, dass du mir heute das zurückgegeben hast, was ich immer geliebt habe." Ihr Lächeln wurde breiter. „Du bist großartig, Caleb. Und der Abend war einfach wunderbar." Sie grinste.

Oh, wie sehr hoffte er, dass sie das ernst meinte. So

wie sie es sagte, glaubte er das. Er hob seine freie Hand und umfasste ihre Wange. „Das war der beste Abend… meines Lebens, wollte ich sagen, aber ich möchte dich nicht in die Flucht schlagen, also werde ich nur sagen, dass ich ihn in höchstem Maße genossen habe und hoffe, dass du nochmal mit mir tanzen wirst. Morgen früh bin ich wieder hier. Du meintest, du hast am Samstag frei, also können wir den Zaun für den kleinen Esel bauen, den du aufnehmen wirst. Passt das so? Falls du arbeiten musst, kann ich mit meinen Brüdern kommen…"

„Nein, ich muss nicht arbeiten. Deine liebe Schwägerin wird sich morgen allein um alles kümmern. Jeder, der morgen in die Boutique kommt, möchte ohnehin ein Foto mit ihr, deshalb meinte sie, ich soll zu Hause bleiben und alles für die süße Daisy Duke vorbereiten. Also machen wir das."

Ihr Lächeln wärmte sein gesamtes Inneres. „Okay, dann komme ich. Ich werde alles Nötige in meinen Truck laden… also nicht in den Truck, sondern auf den Anhänger. Ich bringe ihn mit und wir können sofort loslegen." Dann zwang er sich, einen Schritt zurückzutreten und seine Hand wieder in die Tasche zu stecken. Er griff mit seiner freien Hand, die widerwillig die ihre losgelassen hatte, nach oben und tippte sich an den Hut. „Geh jetzt rein. Ich kann nicht weggehen, bevor ich nicht weiß, dass du sicher im Haus bist. Ruf mich an, wenn du mich brauchst. Oder auch wenn nicht… nun ja, ich hoffe, du brauchst nicht bei etwas Schlimmen meine Hilfe."

Junge, Junge, was war nur los mit ihm? Es würde ihm nichts ausmachen, wenn sie ihn anriefe und etwas brauchte, wenn sie ihn bitten würde, zu ihr zu kommen und sie zu umarmen und ihr den Kuss zu geben, den er ihr so dringend geben wollte. Aber nein; der richtige Moment dafür war noch nicht gekommen. Er stieg eine Stufe hinab und sie drehte sich um, griff in ihre Handtasche, zog den Schlüssel heraus und öffnete die Tür, dann trat sie nach drinnen.

Sie blickte über ihre Schulter zurück. „Du bist ein toller Mann, Caleb Buckley, wir sehen uns morgen früh." Anschließend ging sie hinein, schloss die Tür und winkte ihm durch das Fenster zu.

Er drehte sich um und zwang sich, fortzugehen. Wenn es nach ihm ging, war dies der Beginn eines Neuanfangs, und er würde ihn nicht vermasseln.

KAPITEL VIERZEHN

Am nächsten Morgen stand sie um sechs Uhr auf, briet etwas Speck und Eier und machte daraus Tortillas. Sie waren gerade fertig, als er vorfuhr. Wow, der Mann hatte einen mit Draht und Pfosten beladenen Anhänger dabei. Sie eilte aus der Tür und die Stufen hinunter und lachte, als er grinsend ausstieg.

Letzte Nacht hatte sie ihn mit aller Kraft aus ihren Gedanken verbannen müssen. Sie hatte einen wundervollen Abend gehabt, so wundervoll wie… nun ja, eigentlich noch nie und dann war er, bevor er weggefahren war, so ein Gentleman gewesen, dass sie ganz hingerissen gewesen war. Ihr Herz war völlig hin und weg. Und obwohl sie deswegen immer noch zittrig gewesen war, hatte sie sich in der Nacht zuvor, bevor sie ins Bett gegangen war, gesagt – nein, von sich verlangt –, dass sie heute ganz echt sein würde. Sie war aufgeregt. „Guten Morgen. Ich freue mich sehr auf unser Unterfangen."

Lächelnd stieg er aus seinem Truck. „Du siehst aus, als wärst du bereit zum Arbeiten. Das ist gut. Es wird leicht sein. Ich werde das Loch graben – du kannst mir glauben, ich weiß, wie das geht. Mein Großvater und mein Vater haben uns solche Dinge beigebracht, also keine Sorge. Anschließend stellen wir einen Pfosten hinein und füllen das Loch mit Erde. Du hältst den Pfosten, während ich Erde hineinschaufle. Danach rollen wir den Zaun aus und tackern ihn an das Holz… also, der Draht wird mit einer Art Klammer befestigt, aber man braucht einen Hammer, um ihn zu einzuschlagen. Das widerholen wir so lange, bis wir gegen Ende des Nachmittags, hoffentlich etwas eher, ein Zuhause für Daisy Duke gebaut haben. Was hältst du davon?“

Sie umfasste die Finger der einen Hand mit denen der anderen und lächelte. „Ich kann es kaum abwarten. Umso mehr ich über all das nachgedacht habe, desto klarer ist mir geworden, dass ich das wirklich will. Solange es für euch okay ist, dass ich sie hier halte und natürlich nur, bis ich mich entscheide, ein neues Haus zu bauen oder woanders hinzuziehen.“

Er war auf dem Weg zum Anhänger gewesen und blieb nun stehen. Er wirbelte herum und sah sie alarmiert an. „Du denkst darüber nach, wegzuziehen?“

„Naja, nein, nicht wirklich. Ich liebe es hier. Ich weiß nicht, warum ich das gesagt habe. Das weiß ich wirklich nicht." Das tat sie nicht, doch seine Reaktion verschlug ihr den Atem. *Er wollte nicht, dass sie ging.*

Dieser Gedanke brachte sie zum Lächeln, und dann lächelte auch er, was dafür sorgte, dass ihr Herz noch ein bisschen schneller schlug, als es das ohnehin bereits tat. Sie standen einfach nur da und blickten einander an. Sie musste etwas sagen. „Ich habe Tortillas mit Eiern und Speck gemacht, falls du welche möchtest. Ich habe Kaffee und Orangensaft da und Traubensaft, falls du den lieber magst."

„Das klingt großartig. Ich habe nicht mal irgendwo angehalten, um zu frühstücken, wenn ich ehrlich bin. Normalerweise würde ich an der Ranch anhalten und mir da etwas mitnehmen, aber heute habe ich das nicht getan, also gern… wäre doch schade, wenn es schlecht würde."

„Dann komm mit, anschließend werden wir besonders hart arbeiten, weil wir was im Magen haben." Sie drehte sich um, eilte zum Haus und beschwor sich selbst, einen kühlen Kopf zu bewahren. Sie brachte diesen Mann besser nicht so zum Lächeln, denn wenn er damit begann, wollte sie nicht, dass er wieder damit aufhörte. Oh nein, das wollte sie ganz und gar nicht.

* * *

Ja, er lächelte, als er hinter der Schönheit die Stufen

hinaufstieg, die ihn zum Frühstück eingeladen hatte. Sie hätte ihm verbrannte Eier und Speck anbieten können; er hätte beides genossen und dabei die ganze Zeit über gelächelt.

Als er die Hütte betrat, blieb er stehen. Er war das erste Mal seit Ewigkeiten wieder hier. Sie hatten das Häuschen über einen längeren Zeitraum hinweg an Freunde der Familie vermietet, die mal raus wollten. Als dann Genna eine Unterkunft zur Miete gesucht hatte, hatten sie sie ihr angeboten, nachdem sie von Josie Jane und Ruby deswegen kontaktiert worden waren. Die beiden waren völlig hin und weg von Genna gewesen und hatten sie unbedingt in die Stadt bringen wollen, damit sie hier ihr Geschäft eröffnete.

Es wunderte sie alle immer noch, dass Genna zuvor nie hier gewesen war. Sie war mit ihren Eltern früher um die Welt gereist und ihre Mutter und deren Mutter oder Großmutter, ganz sicher war er sich da nicht – waren einmal hier gewesen, als Gennas Mutter selbst noch ein Kind gewesen war. Sie hatte oft an die Ranch und die Stadt zurückgedacht und ihrer Tochter davon erzählt. Als Genna genug vom Reisen gehabt hatte, war sie zu Besuch gekommen und bei dieser Gelegenheit hatte sie Miss Josie Jane und Ruby kennengelernt. Sie hatten die Ranch angerufen und sie in einer ähnlichen Hütte untergebracht wie der, in der ihre Mutter gewohnt hatte. Und jetzt lebte Jasmine hier.

„Wow, es ist wirklich schön hier drin", sagte Caleb. Der Raum war mit leuchtenden burgunderroten Teppichen und einer hellbeigen Couch ausgestattet, auf der sich mehr Kissen in allen denkbaren Farben befanden, als er auf einen Blick zur Kenntnis nehmen konnte. Er betrachtete sie für einen Moment, bevor sein Blick zu einer Wand schweifte, an der sie wunderschöne Bilder aufgehängt hatte.

Er ging zu einer großen Fotografie in einem blauen Rahmen. „Ist das ein Bild von den Niagarafällen?"

„Ja, das ist tatsächlich von dort. Dieser Ort fasziniert mich. Als ich noch zur High School ging, sind meine Eltern mal mit mir hingefahren und haben mir die Stelle gezeigt, an der mein Dad meiner Mom einen Heiratsantrag gemacht hat. Das war dort, am Fuß der Wasserfälle auf der kanadischen Seite. Sie mussten ihre gelben Plastiküberzüge anziehen, sonst wären sie an dieser Stelle völlig durchnässt worden. Ich liebe das Foto und diese begehbaren Gänge, aus denen man durch das Loch, durch das man hereingekommen ist, nach draußen aufs Wasser blicken kann. Ich schaue mir das Bild gern an, aber meine Mom meint, dass es ganz anders war als auf dem Foto. Sie hat es selbst aufgenommen. Sie fotografiert gern, doch das weiß kaum jemand, weil sie heutzutage ihre Zeit damit verbringt, Antiquitäten zu kaufen, zu shoppen und mich an dem Ort heimisch zu machen, an dem sie mich haben wollte." Sie kicherte.

„Ich bin froh, dass sie das getan hat." Sehr froh sogar, denn ihre reizende Mutter hatte sie hierhergebracht, und vielleicht konnte er ihr eines Tages für die Gelegenheit danken, sich in ihre Tochter zu verlieben.

„Ja, ich auch", sie hielt inne. „Es gibt eine Stelle unterhalb der Niagarafälle, direkt am Rand, wie man auf dem Bild sehen kann, dort steht man auf grünem Gras direkt neben dem herabstürzenden Wasser. Deshalb kannst du auf dem Bild im Hintergrund die einzigartigen Wellen sehen, wie sie über den Rand der Fälle strömen. Dort hat mein Dad meine Mom gebeten, ihn zu heiraten. Er hatte jemanden engagiert, der ebenfalls herunterkam und Fotos von ihnen schoss, während er sich hinkniete und ihr den Ring entgegenstreckte. Es ist ein wunderschönes Bild, aber…" Sie hielt inne und sah mit einem Mal aufgewühlt aus. Irgendetwas machte sie ein wenig nervös.

„Ist etwas Schreckliches passiert?"

Ihre Lippen verzogen sich zu diesem süßen Lächeln. „Nein. Ich liebe das Bild. Er fragte Mom, ob sie ihn heiraten will und die Bilder von diesem Moment sind wunderschön – als er vor ihr kniete und sie Ja sagte. Aber es gibt auch dieses Bild nur von dem Wasser, wie es über die Kante hinabströmt." Sie atmete ein und seufzte. „Das hört sich schrecklich an, aber nachdem meine lächerliche Verlobung scheiterte, betrachtete ich dieses Bild mit anderen Augen. Ich wollte gern ein Bild von diesem Tag, weil es ihre Liebe repräsentiert und doch auch gleichzeitig eine Warnung für mich beinhaltet. Ich habe es vermasselt und dem falschen Mann vertraut, weswegen es für mich kein Happy End gab. Als ich herkam, hängte ich es an meine Wand, um genau das…" Sie hielt erneut inne.

„Nun, als Erinnerung an mich selbst. Jedes Mal, wenn ich durch die Tür hereinkomme, werde ich daran erinnert, dass ich nie wieder zulassen darf, über jene Klippe zu fallen. Meine Eltern haben es richtig gemacht – ich hingegen habe die falsche Person ins Auge gefasst, bin von ganz oben herabgestürzt und unten zwischen den Stromschnellen aufgekommen. Nun ja, nicht wirklich, aber so hat es sich in meinem Herzen angefühlt. Es erinnert mich an das, was ich nie wieder tun werde…"

Sie hielt inne und Tränen glitzerten in ihren Augen und die Worte, die sie gesprochen hatte, zerrissen Calebs Herz. „Was?", fragte er, weil er wusste, dass sie noch mehr sagen wollte.

„Ehrlich gesagt, wenn ich es mir jetzt anschaue, möchte ich lächeln, wirklich, weil es so ist, als ob…" Sie wedelte mit der Hand vor ihrem Gesicht herum, von Gefühlen überwältigt, so wie er.

Er trat vor, schlang seine Arme sanft um sie und zog sie an sich, sodass sie ihren Kopf an seine Brust lehnen konnte. Dann legte er sein Kinn auf ihren Kopf. „Jasmine, du kannst mit mir reden. Als du herkamst, wusste ich, dass dir etwas Bedeutungsschweres im Kopf herumschwirrt, und ich möchte, dass du weißt, dass vorbei ist, was auch immer geschehen ist. Du solltest nicht den Rest deines Lebens damit verbringen, an den Kerl zu denken, der dich für einen dummen Tanzwettbewerb ausgenutzt hat. Er hat verstanden, dass du Gefühle für ihn hegst und dann offensichtlich den bescheuerten Plan gefasst, dich glauben zu lassen, dass er dasselbe für dich empfindet." Er wünschte, er könnte den ehrlosen Kerl aufspüren.

Er lehnte sich zurück und hob ihr Kinn, sodass sie ihm in die Augen sah. „Wahrscheinlich ist er ein Weltklasse-Schauspieler, denn Jasmine, liebe Jasmine, du bist *nicht* dumm. Was auch immer dieser Typ getan hat, es war gut – es hat dich überzeugt, dass er dich liebt. Und so sehr es mir auch wiederstrebt, das zu sagen, dazu muss er gut gewesen sein. Aber eins kann ich dir versprechen, ich hoffe sehr, dass du, wenn der richtige Mann auftaucht und du etwas für ihn empfindest in deinem wunderschönen Herzen, dass du dann nicht zulässt, dass dir dieser Widerling deine Freude und dem Mann die seine stiehlt. So, was ist dir gerade an dem Bild aufgefallen? Ich muss es wissen."

„Wenn ich es jetzt anschaue, sehe ich Hoffnung. Es ist wie letzte Nacht, als ich mit einem glücklichen Cowboy tanzte, und Glück bei etwas empfand, dass ich früher liebte und dann verlor. Wenn ich jetzt dieses Bild betrachte, sehe ich Hoffnung und etwas, von dem ich hoffe, dass es meine Zukunft sein wird."

Sein Herz drohte zu zerspringen. Es war nicht so, als würde er über die Klippe stürzen; er befand sich bereits zwischen den Stromschnellen und wurde zwischen ihnen umhergeworfen. Er lächelte, weil er tief in seinem Herzen wusste, dass er sie am Ende der Stromschnellen einholen würde, bevor sie den Grund erreichte.

Sie starrten einander an, ihre Herzen hämmerten gegeneinander, und die Zeit blieb stehen.

* * *

Oh, dieser Mann hatte ein Gespür für Worte. Ihr Herz hämmerte unregelmäßig, es trommelte vor sich hin und sagte ihr, sie solle eintauchen, über den Rand des Wasserfalls klettern und sich hinabstürzen. Sie wusste, dass sie dieses Mal nicht auf dem Grund zerschellen würde.

Dieses Mal würde sie von diesen wunderschönen, dichten Nebelwellen aufgefangen und in die Arme getragen, nach denen sie sich sehnte. „Caleb, ich glaube, ich liebe dich."

Sein Herz donnerte an ihrem und sie hoffte, dass dies nicht der falsche Schritt gewesen war. Doch so schlecht ihre Erfahrungen auch sein mochten und trotz der Tatsache, dass sie einmal sehr dumm gewesen war, glaubte sie nicht, dass sie es diesmal wieder war. Und als sie jetzt mit ansah, wie sein Lächeln breiter wurde und sich zu diesem schiefen Grinsen unter dem robusten Cowboyhut weitete, da begann ihr Herz zu tanzen, weil sie die Antwort kannte – sie hatte sich nicht geirrt.

„Liebling, ich liebe dich. Ich glaube, ich habe dich von dem Moment an geliebt, als wir uns zum ersten Mal trafen, und ich wusste es nur nicht, weil du mich ignoriert hast. Ich habe mir immer die Frage gestellt, was passiert sein musste, um einen so süßen, schönen Menschen dazu zu bringen, mit jedem zu plaudern außer mit Männern… ich wollte herausfinden, warum das so war. Ich wusste, dass dir jemand wehgetan hat." Er umfasste ihr Gesicht mit seinen Händen. „Ich liebe dich. Ich werde es noch einmal sagen, und ich werde es dir für den Rest deines Lebens sagen. Wir werden jetzt einen temporären Zaun für deine Eselin bauen und später richten wir ihr ein weitläufiges Gehege bei *unserem Haus* ein. Doch jetzt würde ich dich gern küssen, wenn du gestattest. Ich werde es tun, wenn du mir sagst, ich darf, und nur dann."

Oh, wie sehr sie diesen Mann liebte! Er hatte sie nicht unter Druck gesetzt; er hatte sie nicht genötigt und er würde sie nicht einmal küssen, bis sie nicht sagte, dass er der Richtige war. Sie legte ihre Hand um seinen Hals und blickte ihm tief in die Augen. „Bitte küss mich."

Im nächsten Moment senkte er seine Lippen auf ihre und seine Finger umfassten ihre Wange, während er sie sanft küsste. Sie spürte, wie sein Herz gegen ihres donnerte, und sie wusste, dass er nur so sanft war, weil sie befangen war – aber sie wollte mehr! Ihr Herz explodierte, sie schlang ihre Arme um seine Taille und erwiderte seinen Kuss mit all dem Eifer, den er in ihrem Herzen entfacht hatte. Denn dieses Mal wusste sie ohne jeden Zweifel, dass sie sich nicht geirrt hatte.

Anstelle einer Antwort vertiefte er den Kuss und sie spürte, wie er gegen ihre Lippen lächelte. Sie kicherte und unterbrach den Kontakt, um ihm in die Augen zu blicken. „Oh, Caleb, danke. Nicht nur darf ich das mit einem wundervollen Mann erleben, den ich liebe, sondern du machst mich auch unglaublich dankbar, darüber, dass mich dieser verrückte Mann nicht geheiratet hat. Ich war so außer mir, so verloren in meinen Gedanken… ich hätte mein ganzes Leben vermasseln können."

Sein Grinsen wurde breiter. „Jasmine, ich werde dir etwas sagen, das ich mit ganzem Herzen glaube. Wenn du diesen Kerl geheiratet hättest, hättest du herausgefunden, dass er dich ausgenutzt hat, und ich bin mir ziemlich sicher, dass du jetzt auf jeden Fall Single wärst. Das klingt vielleicht hart – manche Menschen betrachten eine Scheidung nicht als etwas Gutes, aber manchmal lässt sich nichts dagegen tun. Was ich sagen will, ist Folgendes: Jetzt, wo ich weiß, dass du mich liebst, hoffe ich, dass du mich nicht für so dumm hältst wie diesen Kerl und versuchen wirst, mich wieder loszuwerden." Er zog eine Augenbraue hoch.

Sie konnte nicht anders; sie lachte so heftig, dass sie einen Schritt zurücktreten, sich bücken und die Ellbogen auf die Knie stützen musste, um das Gleichgewicht zu wahren. Er lachte auch, als sie sich schließlich wieder aufrichtete und diesen verrückten Cowboy anlächelte. „Du hast es genauso gesagt, wie es ist und ich bin bereit. Also was jetzt?"

Er ging auf ein Knie, während er ihre Hand hielt und sah zu ihr auf. „Jasmine, wirst du mir die Ehre erweisen und mich zum glücklichsten Mann der Welt machen? Sag, dass du mich heiraten wirst. Ich kaufe dir so viele Esel und Ziegen, wie du willst. Wir machen diesen kleinen Esel glücklich, wenn es dich glücklich macht."

Mit klopfendem Herzen und zitternden Händen drückte sie seine Hand. „Ich glaube nicht, dass ich glücklicher sein kann als in diesem Moment. Ja! Ich hätte nicht gedacht, dass mein Umzug hierher dafür sorgen würde, dass ich mein Happy End bekomme, auf dass ich so sehr gehofft hatte. Ich liebe dich und kann es kaum erwarten, deine Frau zu werden."

EPILOG

Jasmine würde den Cowboy ihrer Träume heiraten… und oh, was für ein Mann das war!

Sie befand sich in Josie Jane's Wash & Repeat, wohin die Inhaberin des Geschäfts alle bestellt hatte. Sie blickte sich im Raum um und betrachtete all die Menschen, die für sie da gewesen waren: Ruby, die liebe Ruby und Josie Jane, außerdem die hochgewachsene schlanke Millie, ein Cowgirl der Extraklasse. Außerdem waren da noch Genna, Sydney und Kelsy, ihre zukünftigen Schwägerinnen. Ihre Familie. Auf dem Stuhl neben Kelsy saß Arabella, mit der sie unbedingt reden musste.

Auch all die anderen netten Frauen, die sie in Herz geschlossen hatte, waren gekommen. Sie waren schon älter und wenn sie zu den Tänzen kamen, setzten sie sich in der Nähe der Snacks- und Getränketische auf ihre Gartenstühle und strickten oder häkelten oder unterhielten sich, während sie beobachteten, was um sie herum geschah. Sie hatten mit ihr in der Nähe der Tanzfläche gesprochen und kamen gern in die Boutique und ließen sich bei der Zusammenstellung hübscher Outfits beraten. Als sie sich nun herumdrehte und sie alle anlächelte, blieb ihr Blick an der lieben Arabella hängen.

Der kleinen Frau gehörte die Bäckerei der Stadt. Sie war eine begnadete Bäckerin und Jasmine wollte sie fragen, ob sie ihre Hochzeitstorte zubereiten würde. „Arabella", sagte sie, ging zu ihr hinüber und lächelte auf die süße Dame herab.

Kelsy beobachtete sie von ihrem Stuhl neben der Bäckerin aus. „Ich denke, ich kann mir vorstellen, was du Miss Arabella fragen wirst", sagte sie, als hätte sie Jasmines Gedanken gelesen. Ihr Grinsen sorgte dafür, dass Jasmines Lächeln noch etwas breiter wurde.

„Ja, ich glaube, das kannst du. Miss Arabella, ich möchte dich fragen, ob du meine Hochzeitstorte backen würdest. Deine Kuchen sind fantastisch und würden den schönsten Tag meines Lebens noch etwas schöner machen."

Ein trauriger Ausdruck stahl sich in Arabellas Augen, sie streckte beide Hände aus und umfasste Jasmines Hand mit ihren. Mit der oben liegenden Hand tätschelte sie sanft die Oberseite von Jasmines Hand und mit der anderen drückte sie sie leicht. Mit einem Mal hatte Jasmine ein ungutes Gefühl. Was war los?

Ihr Blick wanderte zu Kelsy, die alles genau im Blick hatte, da sich ihre Hände direkt vor ihren Augen befanden. Auch Kelsy musterte Miss Arabella überrascht.

„Mein liebes, süßes Mädchen. Du weißt, dass ich mein ganzes Leben lang gerne gebacken habe. Und du weißt auch, dass ich versucht habe, jemanden zu finden, der meine Bäckerei kauft und mein geschätztes Unternehmen weiterführt. Aber ich habe niemanden gefunden. Deswegen habe ich gestern Abend beschlossen… und es missfällt mir, dir das sagen zu müssen… dass ich nicht mehr backen werde.“

„Was?“ Sie schnappte nach Luft, genauso wie die meisten Anwesenden. Jasmines Blick glitt zu Josie Jane hinüber, die nicht überrascht aussah. Ihr Blick fiel auf Ruby, auch diese war nicht erstaunt. „Geht es dir gut?“

„Meine Beine sind müde“, fuhr Arabella fort und sie wandte ihren Blick wieder zu ihr. „Und obwohl ich mit ganzem Herzen bei dir und deinem Glück bin, bin ich nicht mehr mit Begeisterung beim Backen. Ich möchte hier mit meinen Freunden sitzen, plaudern und stricken und mein Leben genießen, anstatt auf den Beinen zu sein und meine Zeit mit Backen zu verbringen. Also bitte, bitte, meine Liebe, sei mir nicht böse. Ich weiß, dass es in den umliegenden Städten viele weitere tolle Bäckereien gibt. Leider gibt es hier in der Stadt keine mehr, und das ist äußerst schade. Aber du kannst mit deinen zukünftigen Schwägerinnen zu einer Bäckerei fahren und es wird bestimmt lustig, eine Torte auszusuchen und ich bin mir sicher, dass eine von ihnen sie an deinem Hochzeitstag für dich abholen wird. Oder der Laden liefert sie euch. Ich bin zuversichtlich, dass sie köstlich sein wird. Also mach daraus bitte nichts, was es nicht ist. Ich liebe dich, meine Süße und habe deine Gesellschaft bei unseren Tänzen sehr genossen. Und ich freue mich riesig, dass du deinen „Happy Dancin' Cowboy" heiraten wirst. Ihr beide werdet euch die Seele aus dem Leib tanzen und ich werde mit meinen anderen Freunden in der Nähe sitzen und euch dabei zusehen. Ich werde nur nicht deine Torte backen."

Ihr Herz zog sich ungläubig zusammen. Ja, sie hatte gewusst, dass die ältere Dame jemanden suchte, der ihr Geschäft übernahm und die Suche hatte schon eine Weile angedauert. Doch niemand war in die Stadt gekommen, um die Bäckerei zu kaufen. Sie seufzte. Nun würde sie in den Ruhestand gehen und Jasmine freute sich für sie. Ja, sie würde woanders eine Torte bekommen, aber das wäre keine von ihren wundervollen Meisterwerken.

Es wäre keine Torte von Arabella.

Sie schob diesen Gedanken beiseite und kniete sich hin. Vor den Augen der anderen, die kein Wort sagten, umfasste sie die immer noch ineinander verschränkten Hände der wunderbaren Arabella. „Ich liebe dich sehr, du bist eine reizende Dame. Und auch wenn ich weiß, dass ich woanders keine so gute Torte finden werde wie deine und kein so gutes Herz, verstehe ich es doch vollkommen. Manchmal ist es eben an der Zeit, etwas im Leben zu ändern. Und ich freue mich für dich. Du wirst die ganze neue Freizeit genießen und ich weiß, dass eines Tages jemand vorbeikommen und deine wunderbare Bäckerei kaufen wird. Meine Güte, wenn ich backen könnte, was ich nicht kann, würde ich sie selbst kaufen und das Geschäft übernehmen. Ich freue mich für dich, also hab kein schlechtes Gewissen, weil du nicht meine Torte backen wirst. Ich werde mit Kelsy und Genna und Sydney einen Mädelstag machen und Torten testen, bis wir die richtige gefunden haben. Stimmt's, Kelsy?" Sie grinste Kelsy an und wusste, dass diese dabei wäre.

Doch ihre Freundin blickte verblüfft drein und während sie einander anstarrten, leuchteten Kelsys Augen mit einem Mal auf und ihr Lächeln wurde eine ganze Spur breiter. „Nein, Jasmine. Ich weiß genau, wer deine Torte backen kann. Arabella, wenn ich meine liebe Freundin Violet dazu bringen würde herzukommen, könnte sie dann in deiner Bäckerei backen? Seit dem Tag, an dem ich hergezogen bin, wollte ich, dass Violet es mir gleichtut. Sie ist wundervoll, ihr reizender Vater, der einer der besten Bäcker in ganz Texas ist, sitzt im Rollstuhl. Sie sorgt für sie beide und arbeitet für einen schrecklichen Mann, der ihre Situation ausnutzt. Tief in meinem Herzen weiß ich, dass sie perfekt in unsere wundervolle Stadt passen würde, und ich habe versucht, sie zu überzeugen. Doch sie zögert noch. Also…" Mit funkelnden Augen blickte sie sich um.

„Was?", fragte Ruby mit einem breiten Grinsen.

„Hier ist mein Vorschlag: Ich werde sie einladen, die Hochzeitstorte zu backen. Sie wird kommen, denn sie weiß, wie viel mir das bedeutet. Sie wird anstelle der lieben Arabella die Torte für unsere zukünftige Schwägerin backen und ich hoffe, dass sie anschließend die richtige Entscheidung für ihr Leben treffen wird. Und zwar, ihr Leben in eine neue Richtung zu lenken und hierher zu ziehen. Also, was meint ihr, findet ihr nicht auch, dass das eine gute Idee ist?"

Jasmine spürte, wie Arabella ihre Hand drückte und sie grinsten einander an. „Ich bin dabei, voll und ganz. Denn wie ihr alle wisst, verstehe ich nur zu gut, was ein Umzug in diese fantastische Stadt für einen Menschen bedeuten kann. Er hat mir geholfen, alles zu überstehen und vielen von euch ist es genauso ergangen. Wenn es deiner Freundin genauso geht, dann sollten wir das machen. Lad sie ein. Bist du ebenfalls dabei?"

Arabella lächelte. „Bin ich. Wie aufregend! Kelsy, hol deine Freundin her und meine saubere, makellose Bäckerei steht ihr zur Verfügung. Sie kann darin backen und hoffentlich – und da bin ich mir ziemlich sicher – wird sie währenddessen sehr viele wunderbare Leute kennenlernen. Und vielleicht, nur vielleicht, wird ihr klar, dass sie hier leben möchte. Dann würde ich ihr ein großartiges Angebot für meine kleine Bäckerei machen. Denn dein Blick, Kelsy, gibt mir das Gefühl, dass sie perfekt passen könnte. Und genau das ist es, was ich will. Jemanden, der mein wunderbares Geschäft weiterführt und es und diese Stadt genauso liebt wie ich. Lasst uns das machen.

Also steht nicht nur eine aufregende Hochzeit an, sondern wir werden auch jemanden Neues kennenlernen und ihr helfen, sich in unsere Stadt, meine Bäckerei und wer weiß… vielleicht in einen unserer süßen Cowboys zu verlieben."

Alle lachten und lächelten. Millie trat vor, die hochgewachsene Frau stemmte beide Hände in die in Jeans steckenden Hüften und grinste auf sie herab. „Ich denke, das ist eine brillante, eine perfekte Idee. Wir wissen alle, dass hier in Lone Star, Texas, Träume wahr werden. Und ich muss euch allen sagen, dass ich bei dieser Sache ein äußerst gutes Gefühl habe. Also lasst uns das tun. Und wer weiß, wessen Leben sich außer dem der süßen Jasmine noch ändern wird. Also los, meine Damen, machen wir uns bereit, eine Hochzeit auszurichten und unsere neue Bäckerin kennenzulernen. Ich werde positiv denken, denn ich habe das Gefühl, unserem Neuankömmling wird gar nichts anderes übrigbleiben, als sich in diese Stadt zu verlieben."

Jasmine umarmte die lächelnde Arabella, dann stand sie auf und grinste Millie an, und das große Cowgirl zog sie in eine Umarmung, während alle um sie herum ihnen zusahen. Sie lehnte sich zurück und blickte lächelnd in die Augen dieser wunderbaren Frau, die die Liebe ihres Lebens an einen wütenden Bullen verloren hatte, sich dann in ihrem Laden verschanzt hatte und bei der Planung der Tänze aktiv geworden war, als diese ins Leben gerufen wurden.

Sie hatte mit vielen der jungen Bräute bei deren Hochzeiten gesprochen, ermutigende Worte gesagt und der lieben Kelsy geholfen, sich in Ace zu verlieben… Und vielleicht bedeuteten ihre Worte, dass sie und Kelsys Großvater Lumas nun darüber nachdachten, gemeinsam den nächsten Schritt zu gehen. Während sie Kelsys Freundin herbrachten, damit sie Jasmines und Calebs Hochzeitstorte buk.

„Du bist eine wahre Inspiration, großes Cowgirl. Du hast mir durch so viel hindurchgeholfen und ich sehe noch viel mehr großartige Dinge auf uns zukommen. Danke. Ich liebe dich sehr."

Sie schaute sich im Raum um und blickte die Anwesenden an. „Ich liebe euch alle. Ich bin froh, hier zu sein und kann es kaum erwarten, Mrs. Caleb Buckley, die Frau des glücklich tanzenden Cowboys zu werden."

Alle lachten und sie wurde von einem nach dem anderen umarmt… Ihr Leben war ein wahrgewordener Traum und sie war bereit, bis ans Ende ihrer Tage mit dem Mann ihrer Träume zu tanzen.

Über die Autorin

Der Name der zeitgenössischen Bestseller-Autorin Hope Moore ist das Pseudonym einer preisgekrönten Autorin, die in Texas lebt und von Cowboys umgeben ist. Sie liebt es, Liebesromane und Happy Ends zu verfassen. Ihre herzerwärmenden Liebesromane sind voller schöner Helden, die es zu lieben gilt und wagemutiger Frauen, die ihre Herzen gewinnen.

Wenn sie nicht gerade schreibt, versucht sie hartnäckig, nicht zu kochen, da sie von Erdnussbuttersandwiches, Kaffee und Käsekuchen leben könnte. Seit sie schreibt, ist sie kaum noch in sozialen Medien präsent, aber sie LIEBT ihre Leserinnen und Leser, also melde dich für ihren Newsletter an und sichere dir die kostenlose Kurzgeschichte DIE WAHRE LIEBE IHRES MILLIARDENSCHWEREN COWBOYS.

MILLIARDENSCHWEREN COWBOYS, die Vorgeschichte ihrer Western Liebesgeschichten-Serie der McCoy Milliardärsbrüder!

Dieses Buch ist nur für Newsletter-Abonnenten erhältlich und ist die süße Liebesgeschichte von J.D. McCoy, dem geliebten Großvater der Brüder. Du wirst außerdem Leseproben ihrer Abenteuer, zusammen mit Sonderangeboten und neu veröffentlichten Büchern erhalten.

Bitte kopiere diesen Link und füge ihn in deinen Browser ein, um dich anzumelden: www.subscribepage.com/cowboyromantik